FOLIO POLICIER

Patrick Raynal

Arrêt d'urgence

Gallimard

Auteur de plus d'une vingtaine de romans policiers (*Né de fils inconnu, La vie duraille*, avec Jean-Bernard Pouy et Daniel Pennac, *En cherchant Sam*), et de scénarios (*Le Poulpe* en 1998), Patrick Raynal est directeur de la Série Noire et de La Noire chez Gallimard depuis 1991.

À J.-B., Prune et les Boustrots.

« Qu'importe l'extérieur, puisque le conducteur, qui se dit, en italien, *autista*, est dans un monde hystérico-hermétique. Les péninsulaires auraient-ils compris que, pour l'homme au volant, le reste n'existe pas, car il fait partie d'un autre monde, un pauvre monde à l'arrêt ?... »

ARTHUR KEELT
Die Amsel

« Ne couchez jamais avec une fille qui est dans de plus sales draps que vous. »

LEW ARCHER
(Cité par James Crumley)

1

Elle est arrivée en même temps que le soleil. Pratiquement dans le même axe. La première mouette. On eût dit qu'elle volait à l'unisson des rayons qui s'échappaient des façades roses de la place de l'île de Beauté.

Elle infléchit son vol, rasa l'eau du port, horizontale entre deux reflets, et frappa la mer à l'instant même où la pleine lumière l'atteignait. C'est ensuite que j'entendis le bruit de leur course. Des gamins. Une petite bande mixte dont le plus vieux ne devait guère avoir plus de quinze ans et le plus jeune dix. Tous les matins, invariablement, ils surgissaient de la rue Ségurane et filaient le long du quai des États-Unis, côté mer, passaient devant Roba Capeu sans même jeter un coup d'œil sur le banc où, tous les matins, invariablement, je les attendais, la mouette, le soleil et eux.

J'aurais pu les arrêter, leur demander qui ils étaient, où ils allaient. J'y ai pensé. J'ai même failli le faire et puis j'y ai renoncé parce qu'alors, j'aurais dû poser la même question au soleil et à la mouette.

La rumeur du jour remplaçait celle de la nuit. Un changement subtil dans cette ville qui ne dort jamais tout à fait. J'en avais fait mon signal; une sorte d'« endort-matin » : l'heure à laquelle je quittais mon banc pour rejoindre mon lit. Je me suis dirigé vers le cours Saleya. En passant sous le porche j'ai, comme chaque matin, réveillé d'une caresse de mon pied droit Sam le clochard. Il ne s'appelait certainement pas Sam mais il acceptait depuis toujours ce patronyme avec l'indifférence de ceux qui ont tout troqué contre l'éternité de l'instant. Je ne le réveillais jamais. Rien n'aurait pu sortir Sam de ses somptueux rêves d'ivrogne. Il se levait sans me regarder, rassemblait ses cabas de bouteilles, ses valoches en plastique et filait avec une sûreté, que seule une profonde ivresse pouvait expliquer, vers un coin de plage, sous le grand mur de soutènement, finir sa nuit. Même si j'avais été tenté de le faire, je n'aurais pas été capable de situer le début de ces rites matinaux. Sans doute du jour où j'avais cessé de considérer l'insomnie comme une calamité à combattre, coûte que coûte, à coups de gélules multicolores…

Maintenant je passais mes nuits dehors. La plupart du temps et à la belle saison sur ce banc de Roba Capeu, entre la mer et la route où la noria des voitures tournait jusqu'à l'heure blême en quête d'étreintes consommées furtivement sur les banquettes arrière. L'hiver ou quand il pleuvait j'avais mes abribus. Toujours entre la route et la mer. Pourtant je n'avais jamais navigué. Mais conduit, oui. Au point d'en faire un métier et plus encore. Tout ce qui avait un moteur et des roues m'était passé entre les mains. Nice-Ankara, Ankara-Téhéran, seul au volant de trente-huit tonnes de camelote dont je ne savais pas toujours la nature ni la provenance, Amsterdam et Bruxelles traversées quand la pluie vous colle la nuit contre les vitres, la cabine pleine de fumée et de musique et le tube de Fringanor comme unique occupant du siège d'à côté. Des milliers de kilomètres de solitude un peu hautaine parce que le ruban de bitume ou de tôle ondulée n'appartient qu'à celui qui a le pouvoir de maîtriser la course. Toutes les courses. L'enchaînement des virages sans espoir de victoire, crispé sur le bout de bois d'une guimbarde transformée en monstre rudimentaire par le talent maniaque d'autres cinglés de la mécanique rencontrés au hasard des circuits et qui mettaient dans le bricolage la même rage que celle qui me poussait à détruire en une seule course, le plus souvent interrompue sur le bord d'un fossé, les moteurs qui étaient les seuls amours de leurs nuits. La poussière des pistes de stock-cars qui vous frappe en pleine gueule, s'insinue sous le casque, entrant comme un torrent par l'écran vide de ce qui avait été un pare-brise avant de n'être plus qu'une fenêtre ouverte sur la violence que les muscles des bras et des épaules tentent de contenir le plus longtemps possible. À quarante ans j'avais tout conduit. Sauf les formules. Les aristos des circuits ne confient pas leurs bolides aux zonards de la bricole ; c'est comme ça. Le monde n'est qu'un placard plein de tiroirs. C'est comme ça et on a intérêt à s'y faire parce que personne ne le fera pour vous.

J'ai traversé la vieille ville jusqu'à la rue Benoît-Bunico. Je vivais là depuis si longtemps que les autres habitants du quartier et moi ne nous saluions même plus. Adresse-t-on un signe de tête à l'ornière de la route que l'on emprunte tous les jours ? Le soleil mettait du relief dans des petits coins sans importance.

Elle était partie. Le lit était défait mais elle avait lavé sa tasse et laissé du café chaud dans la cafetière électrique. J'étais sûr qu'elle le ferait. Les draps portaient encore les traces humides de notre rencontre. J'ai posé ma main sur la tache. Toute la chaleur n'en était pas partie. Il y avait un mot sur la table. Ça aussi j'étais sûr qu'elle le ferait. C'était ça qui m'avait plu chez elle. Ça et la somme de petites imperfections qui faisait de l'architecture de son corps une ébauche de perfection. J'ai lu le mot en buvant le café : « Merci d'avoir fait semblant de croire que je dormais. Tu es un drôle de bonhomme mais c'était bien quand même. J'ai un téléphone. Je serai heureuse que tu m'appelles, mais ne va pas penser que le contraire me rendra malheureuse. »

Suivait un numéro de téléphone. Un numéro niçois. J'ai rangé la lettre. Comme elle disparaissait dans le fatras d'un tiroir, j'ai revu la fille. Elle était sur moi, s'occupait de mon sexe et le sien dansait devant mon visage. Fasciné par l'élégance de la courbe de chair qui reliait ce que je rêvais de posséder, je retardais le moment d'y poser ma bouche. C'est ce genre de souvenirs qui me pousse à rappeler les femmes tout en sachant que c'est à cause d'eux que je ne le fais jamais.

Instant délicieux du choix : quelle bande allais-je mettre dans l'armoire normande prétendument portable qui me servait de radiocassette ? Avec quoi ferais-je passer le léger somnifère qui allait m'emmener doucement au sommeil ? Bourbon ou vin blanc ? Le vin blanc retarderait l'endormissement, le bourbon, au contraire, le précipiterait mais serait encore présent au réveil comme une casquette oubliée qui, par vengeance, aurait décidé de rétrécir. De son propre chef si j'ose dire.

Le téléphone décida pour moi.

— Patrick ? C'est moi, Max. J'ai un boulot pour toi.

— Quel genre ?

— Un convoyage Nice-Biarritz.

— C'est quoi la bagnole ?

Petit rire ; j'ai imaginé Max dans le bureau qui surplombait son garage. Cafetière à gauche, vodka à droite et, devant, le tube d'amphets qui justifiait un appel aussi matinal.

— Ça, mon pote, c'est la surprise.

— J'arrive.

J'ai fait mon sac. Un jean de rechange, deux slips, deux chemises. J'ai viré mes tennis et j'ai enfilé mes bottes. Des santiags noires à talons plats. Avec mon cuir passé sur un tee-shirt j'avais tout du cow-boy en rupture de canasson. Ça collait : quand on a choisi un mythe faut pas mollir sur les apparences.

2

Je gare toujours ma voiture au même endroit. Dans un parking. D'abord parce que les parkings c'est fait pour ça et que, même à l'année, la location de 10 m^2 de ciment coûte beaucoup moins cher qu'une cascade de P.V. Et puis un parking c'est ouvert vingt-quatre heures sur vingt-quatre, dimanche et jours fériés compris. D'où la profession de gardien de parking. Si vous connaissez le gardien et qu'il connaît votre bagnole il y a peu de chance pour qu'il ouvre sa barrière un jour où il voit votre bagnole descendre la rampe avec quelqu'un d'autre derrière le volant. Surtout si vous n'oubliez pas ledit gardien à Pâques, à Noël, le jour de sa fête, de son anniversaire, de la naissance de son quinzième gosse et le lendemain du jour où il s'est fait ratisser tout ce que vous lui avez précédemment donné, en misant comme un forcené sur le seul canasson unijambiste du dernier tiercé. Ça augmente le prix de la location mais ça revient quand même moins cher que d'avoir à acheter une autre voiture. D'autant que, pour en racheter une autre et en supposant que je trouve la même, il faudrait que je recommence à trimbaler des tonnes de biscottes entre Nice et Dunkerque pendant six mois. Pour tout dire, le gros-cul, j'en avais soupé. Alors ma voiture je la garais dans un parking et j'engraissais régulièrement le cochon de gardien.

Ma voiture c'est une Mercedes 280 SE. Un des premiers modèles avec des ailes partout. Des ailes si longues et si relevées qu'il suffirait de le lui demander gentiment pour qu'elle s'envole. Le gardien m'a souri. Rien dans nos conventions ne l'obligeait à le faire. Il fait ça par pure gentillesse. C'est du moins ce que je me dis. J'aime mieux ça que de m'imaginer qu'il ne peut pas s'empêcher de rigoler chaque fois qu'il voit passer le roi des jobards.

Circulation fluide, comme ils disent à la radio. Du soleil plein la ville et mon six-cylindres qui ronronne comme un matou lové dans le seul rayon d'une journée d'hiver.

Le garage de Max est à l'Ariane. Tout à l'est de la ville. Le coin le plus moche de Nice ; on y a collé toutes les usines et les gens qui travaillent dedans.

J'ai repéré une place juste devant. Bien difficile, comme je les aime. Cinq centimètres de chaque côté. Un gamin en combinaison verte m'a regardé approcher. Il était assis sur une poubelle et mangeait un pan-bagnat dont l'huile coulait de ses doigts sur le cambouis de son vêtement.

J'ai pris la place d'un seul mouvement. Sans toucher le trottoir, sans effleurer le moindre pare-chocs. Pas pour frimer le gamin, encore que sa présence m'ait certainement rendu la manœuvre plus facile, mais juste pour moi. Parce que c'est comme ça qu'on gare une voiture et que tant que je saurai le faire, l'image de la casse finale continuera à se tenir à distance respectable.

Il m'a regardé sortir et verrouiller la portière.

— Pas là, la voiture.

— Quoi ?

Il avait de l'huile partout. D'olive sur la bouche et les mains, de vidange et d'olive sur le plastron.

— La voiture. Pas là, a-t-il répété du ton qu'on emploie pour expliquer quelque chose d'élémentaire à un crétin congénital.

— Pourquoi pas là ?

Il désigna d'un mouvement de tête l'entrée du garage. Un vrai moulin à huile, ce gosse ; d'un simple geste il en faisait surgir des litres.

— Le patron. Il m'a dit d'attendre un vieux plutôt balèze au volant d'un cargo bleu marine. C'est vous, non ?

J'ai cherché quelque chose à répondre. Quelque chose de bien cinglant. Une réplique de cinoche qui épinglerait définitivement ce merdeux oléagineux sur son siège de plastique.

— Oui, j'ai dit.

— Alors la voiture c'est pas là qu'il faut la mettre. C'est dans le garage.

C'est ce que j'ai fait. Sans toucher aucun pare-chocs mais en rêvant à la monumentale mornifle qui aurait fait dégringoler le gamin de sa boîte à ordures si j'étais capable de faire un truc pareil.

Max avait installé son bureau sur une plate-forme à mi-hauteur entre le sol et le toit. Il disait que c'était pour gagner de la place ; en fait sa boutique était assez vaste pour abriter la galerie des Glaces et un atelier de réparation pour locomotives. La vérité c'est qu'il avait vu une installation de ce genre dans un vieux film de Verneuil, *Cent mille dollars au soleil*, et qu'il s'était juré que son garage à lui serait comme ça. Je le sais. C'était il y a dix-neuf ans et j'étais avec lui.

Je l'ai vue au moment où je mettais le pied sur la première marche. Le jeunot m'avait suivi. Je l'entendais souffler dans mon cou. Elle était rouge ; quoique à l'examiner mieux, à la voir se mirer dans son propre reflet, à la regarder en plein chrome dans la pénombre de l'atelier, on aurait pu hésiter entre le rouge et le grenat. Je rendis son sourire à la calandre.

À quarante balais je la regardais comme si elle s'était penchée sur mon berceau, il y a quarante ans, alors que j'ignorais tout des femmes et des bagnoles.

— Tu sais ce que c'est ?

Il avait essuyé son huile, le gamin. Net et sec

comme une lame qui s'apprêterait à rentrer dans une motte de beurre. J'ai regardé ses mains. Fines à tenir un discours. Ou un tournevis. C'était lui qui l'avait remontée et c'était moi qui allais la conduire.

— Town and country, j'ai dit. Chrysler 1947. Huit cylindres, 135 CV et 5 299 cc. Clark Gable avait la même.

— Celle-là, c'est celle d'Esther Williams.

— Tu sais qui c'était ?

— Ouais, une nana capable de se payer cette bagnole.

Il a fait demi-tour. On aurait dit que le garage venait de l'engloutir.

Max trônait derrière son bureau, un machin en bois exotique large comme une portion d'autoroute, entre une cafetière et une bouteille de vodka. J'ai cherché le tube d'amphets. Il l'a lâché pour me serrer la main.

— Alors ? Tu l'as vue ?

— Je l'ai vue. C'est le gamin qui l'a remontée ?

— Un génie… Café ou vodka ?

— Les deux. Moitié-moitié et sans sucre.

— Ça fait six mois qu'il y travaille. Si j'avais dû le payer à l'heure, j'aurais bouffé la baraque. Celle-là et la suivante.

J'ai bu un peu de mélange. Max n'avait pas trop vieilli depuis notre dernière rencontre. Nous étions plus jeunes d'un an et nous sortions de la carcasse d'une M.G. B.G.T. qu'un trente-huit tonnes Volvo en pleine charge venait de balancer dans le ravin.

— Et c'est moi qui vais la conduire ?

— Affirmatif. Jusqu'au casino de Biarritz. Le mec qui l'a achetée y sera toutes les nuits jusqu'au quinze. Ça te laisse trois jours.

— Où l'as-tu trouvé ?

— Qui ? Le gamin ou l'auto ?

— Les deux.

Max se marrait toujours comme s'il avait peur de réveiller les voisins. Quand il émergeait de son bureau, on aurait pu croire qu'il était assis dans le tiroir du haut. Derrière il avait l'air de ce qu'il était. Un sacré mariolle.

— La Chrysler était dans une grange, entre Tourrettes et Levens. C'est un vieux qui avait ça. Vingt ans qu'elle roupillait entre une quinze et un tracteur MacCormick équipé pour tondre la luzerne. Il l'avait achetée à un acteur dans la débine au temps où il bossait à la Victorine. J'ai eu les deux pour trente mille balles ; juste le prix que j'ai revendu la quinze. Le gamin s'est pointé ici il y a six mois. Il cherchait du boulot. J'étais en train de travailler sur une Healey MK3. En deux jours il en a fait une bombe. Un génie, je te dis.

— Ouais, j'ai dit, mais c'est pas lui qui va la conduire. Réflexion faite, je le trouve plutôt bien élevé, ce gamin.

— Laisse-le flipper, tu veux. Il s'en remettra. Moi je veux que cette beauté arrive à Biarritz comme si elle sortait directement des ateliers de Detroit.

Qu'est-ce qui m'avait manqué pour devenir quelqu'un comme Max ? Qu'est-ce qui avait foiré en cours de route ?

— Comment vont Arlette et les gamins ?

— Bien. Ils se plaignent de ne pas te voir assez.

— Et ton boulot ?

— Ça va. Je cherche toujours un associé.

— Je sais.

— Pas encore décidé ?

— J'en sais rien. Tu sais que ça me tente. J'ai pas trouvé ce qui coince.

— Continue à y penser. À nous deux on fait déjà un vieillard. Tu conduiras la Chrysler ?

— Sûr, j'ai souri. Huit cylindres en ligne et six litres de cylindrée, ça ne se discute pas.

— Je veux qu'elle arrive comme neuve. Pas plus de trois mille tours.

— Soixante-dix kilomètres/heure !... À ce train-là c'est moi qui vais rouiller.

— Parfait. Tu as trois jours. À toutes fins utiles j'ai collé un 38 à droite du volant, sous le poste de radio.

— Le mien ?

— Le nôtre, sourit-il.

C'était vrai. Nous l'avions acheté ensemble.

C'était il y a longtemps. Quand nous étions censés tout ignorer des cargaisons que nous trimbalions sur les pistes du monde.

— Les clés.

Il les posa dans ma paume ouverte.

— Pas de blague, Pat. J'ai mis tout ce que j'avais dans cette auto.

— Elle arrivera, j'ai dit. Comme toutes les autres.

— Tu oublies la M.G.

J'avais tendance à l'oublier, celle-là. Un camionneur nous l'avait balancée dans un ravin à la sortie d'un lacet. J'avais baisé sa femme dans un routier, du côté des Hautes-Alpes. Il nous avait attendus dans la montée d'un petit col. Son bahut allait beaucoup plus vite que notre vieille anglaise. Un coup de pare-chocs à la sortie du virage. Le grand valdingue, des arbres partout et la mort plein nos têtes.

— Pas de femme, ai-je promis sans trop savoir ce que je disais.

— Ne parle pas trop vite. Avec cette caisse les nanas pousseront sur la route comme des champignons après une pluie d'automne. Essaie seulement de ramasser les moins dangereuses.

Il m'a tendu deux enveloppes.

— La blanche c'est pour les frais ; trois mille balles. L'autre, c'est le prix du boulot. Une brique. Ça te va ?

— Ça fait beaucoup, j'ai dit.

— Moins que si nous étions associés. Pense à ta vie, vieux. Elle est plus courte qu'un ruban de bitume.

Le gamin m'attendait en bas des escaliers. Il avait sorti la Chrysler. En plein soleil, elle ressemblait à un rubis abandonné le long d'un trottoir.

— Esther Williams, née en 1921, championne de natation en 1939. La M.G.M. l'a engagée pour une vingtaine de films. Rien que des merdes aquatiques. Elle n'a plus rien tourné depuis 1961. Ça te va, champion ?

Il a disparu dans l'ombre du garage.

3

Le jean la serrait trop. La couture centrale s'enfonçait entre ses fesses, révélait les deux parties charnues de son sexe et moulait son pubis comme une montagne emballée par Christo. De quoi affoler les paluches innombrables de tous les mâles automobiles. Non que le désir masculin lui fût insupportable. Au contraire, elle aimait la lueur que la perfection de son corps suscitait dans les yeux fatigués des coureurs d'autoroute. Une façon d'oublier le poids de l'âge et la solitude que lui imposait une fidélité qu'elle qualifiait de « relativement absolue » à ses amants de passage.

« Pas cette fois-ci », murmura-t-elle à son reflet. Pour réussir il fallait qu'elle se compose l'image d'un désir intouchable. Ni camionneur ni représentant en goguette mais un homme qui le soit suffisamment pour être séduit sans que l'échec du passage à l'acte lui soit comme une défaite personnelle. Un homme… Elle pensa à celui qui l'attendait en ôtant son jean et en passant une robe de soie grège, un peu démodée — il y avait si longtemps qu'il la lui avait offerte — mais qui cascadait autour de son corps comme une bruine autour d'un torrent ; une robe que le passage des autos ferait danser sur ses cuisses.

Elle aima son reflet dans la glace piquetée de la vieille armoire plantée dans le décor miteux de ce motel miteux de Villeneuve-Loubet. La valise en désordre sur le lit défoncé, la lueur de l'aube à travers les volets à claire-voie et cette gitane polychrome qui souriait bêtement, exhibant ses seins nus contre la tapisserie qui perdait ses couleurs. « Une chambre de pute », songea-t-elle. Elle enfila ses escarpins, minuscules bouts de cuir verni aux talons interminables qui haussaient sa silhouette et faisaient de ses jambes des colonnes galbées dont le mystère s'évanouissait dans les plis incertains de la soie.

Elle tira ses cheveux en arrière. Les attacha d'un élastique qu'elle dissimula sous l'écaille mordorée d'une barrette. Elle aima l'air sévère que lui donnait cette coiffure. Elle imagina l'homme. La quarantaine distinguée il conduirait une Mercedes, l'examinerait à la dérobée, la désirerait, conduirait les mains légèrement posées sur le volant, contenant son émoi dans le carcan désincarné de son éducation.

Elle sourit.

Son reflet pleurait. Elle laissa les larmes glisser le long de la glace et commença à se maquiller.

4

J'ai commencé par faire le tour de la ville. Les chromes de la Chrysler captaient l'image de Nice dans la lumière du mois de mai et me la renvoyaient chargée de l'émotion que nous provoquions. À la radio, Cab Calloway chantait « St James Infarmery ».

J'ai fini par prendre la direction de l'autoroute. Le regard des femmes me trouvait beau. Aucun homme ne pouvait conduire cette voiture sans l'être. Illusion sans doute, mais la séduction est-elle faite d'autre chose ?

J'avais baissé la capote et le soleil donnait aux banquettes écossaises le flamboiement d'un tartan porté par un guerrier dans la solitude des Highlands. Nous étions faits les uns pour les autres, cette ville, cette voiture et moi. J'ai eu envie de la voler. La garder pour moi mais surtout en priver cet imbécile de collectionneur qui laissait à un étranger le plaisir unique de la première rencontre avec l'asphalte.

J'avais du mal à me maintenir en deçà de la vitesse limite. À soixante-dix kilomètres/heure, le moteur se taisait. Huit bielles pédalant de conserve dans une mer d'huile sans que le moindre bruit ne trahisse cette activité nonchalante. Mille bornes comme ça et j'atteindrais des sommets de frustration. Autant ne pas y penser. Même s'il ressemble à un conte de Perrault un job reste un job.

5

Elle paya l'hôtelier. Il laissa ses yeux empégués de sommeil se balader sur les plis de la soie. Elle y lut un étonnement et une réserve qui la réconforta. Elle avait besoin de courage et la timidité soudaine du gros homme lui en donna un peu. La veille, quand elle avait pris la chambre, son regard poisseux l'avait accompagnée, surpris qu'une telle silhouette puisse occuper à elle seule une case de son baisodrome.

Elle s'installa au volant de la vieille Datsun. Une « Cherry » qu'il lui avait offerte six ans plus tôt parce que son nom évoquait, à la fois, l'amour qu'il lui portait et le goût de fruit qu'il trouvait à sa bouche. Elle ne ressemblait plus à grand-chose maintenant. Un tas de rouille vaguement rouge, un tintamarre de pièces mécaniques martyrisées par l'usure et l'abandon. Un rêve qui n'en finissait pas de passer, déglingué, comme elle, par cinq ans d'attente.

— T'en as plus pour longtemps, ma vieille, murmura-t-elle en lançant le moteur.

Un coup d'œil dans le rétro. Un sourire machinal au sourire du reflet, une main fiévreuse au fond du sac de cuir, un « Vuitton » somptuaire acheté à Biarritz au lendemain d'un casse particulièrement hasardeux. Le pistolet était bien là. Un petit 6,35 à crosse de nacre. Presque un jouet. « Contente-toi de lui planter dans les côtes, avait-il dit, à bout portant n'importe quelle arme est mortelle. Qui que ce soit, il le saura. »

« Qui que ce soit… » Peut-on parler de qui que ce soit quand il s'agit de lui plonger une arme dans le flanc ? Cinq ans… Elle n'était même pas sûre de le reconnaître. Le juge lui avait interdit les visites. « Vous êtes mariés ? Non. Alors je ne peux rien faire pour vous. »

Un sourire qui se plaisait à faire mal.

« D'autant, avait-il rajouté, que si le tribunal n'a pu établir votre complicité, ma certitude vous condamne sans appel. »

Pourquoi n'avait-elle pas eu cette arme à ce moment-là ? Ç'aurait été bien plus facile que contre qui que ce soit.

Elle prit la bretelle de l'autoroute à Villeneuve, passa le péage d'Antibes, gara la Datsun sur le parking et se posa sur le bord du bitume. Les bras inertes, elle cherchait le « qui que ce soit ». Le courant d'air des voitures en pleine accélération faisait voler sa robe sur ses cuisses.

6

Ça y était. Le ruban gris sous les pneus à flancs blancs, je bossais. Soixante-dix kilomètres/heure, pas plus. La Town and country n'était plus qu'un objet comme les autres. Juste un engin qu'il fallait trimbaler d'un point à un autre. Un paquet de fric à roulettes dont j'avais la garde et qui ne m'appartiendrait pas plus que tous ceux dont j'avais déjà caressé le volant. Un peu plus beau peut-être mais la beauté d'un objet n'appartient qu'à celui qui le possède. Résignation ? Voire. Pour avoir ignoré ce genre de sagesse élémentaire, pas mal de mes potes bouffaient du bromure en comptant les barreaux. Je m'étais toujours contenté du chant des cylindres. Pourquoi changer au moment où on attaque le deuxième tour de piste ?

Je l'ai vue en passant le péage d'Antibes. Elle nous regarda avant de lever son pouce. Pas une stoppeuse ordinaire. Plutôt du genre qui choisit. Elle pouvait et c'est bien ça qui m'a gêné. Avec une allure pareille, cette fille pouvait se faire balader jusqu'au bout du monde et retour sans rester plus d'un quart de seconde sur le bitume. Celle-là ne cherchait pas simplement à voyager à l'œil. Il y avait autre chose dans cette attitude faussement timide. Nos regards se sont croisés. Il y avait de l'indécision dans le sien. Comme si c'était elle qui se demandait si elle allait me prendre ou non. Un corps superbe dans un chiffon de soie beige. Une trentaine d'années et des yeux qui en avaient vu le double. En terme de métier ça avait un nom : un vrai sac d'emmerdes.

J'ai accéléré.

Quelque chose me dit que ça ne servait pas à grand-chose.

7

Elle regarda disparaître l'incroyable équipage. Ce bijou rouge moitié fer moitié bois. Le rictus métallique de la calandre et ce mec qui l'avait regardée. Cette ébauche de sourire sous la moustache à la gauloise qui lui donnait l'air d'un pirate fatigué.

« Il a choisi de ne pas s'arrêter. Comme s'il avait deviné ce que je voulais de lui. »

Elle stoppa la voiture suivante. Délibérément. Le corps tendu à faire péter les coutures de sa robe. Un appel au plaisir.

Elle lut l'éblouissement dans les yeux du gamin en « Deuche ».

— Où allez-vous ?

— Roulez, dit-elle en se glissant à côté de lui.

« Tu es folle, ma fille. Ce n'est ni la bagnole ni le mec. Et ne parlons pas de l'ensemble… »

Le gamin avait du mal à se remettre ; elle lui sourit. Il aurait été plutôt beau gosse sans cet air extasié qui le faisait ressembler au « ravi » des crèches provençales.

— C'est rien, lui dit-elle. Rien qu'une histoire d'amour dont vous êtes le trait d'union. Roulez et faites ce que je vous demande.

Ils rattrapèrent la voiture. Elle roulait à soixante-dix kilomètres/heure, bien à droite. Des lattes de bois doré dessinaient sur sa croupe quatre carrés de tôle rouge ; quatre carrés parfaits.

— Qu'est-ce que c'est ? dit le gamin qui ne savait plus où donner de l'admiration.

— Je n'en ai pas la moindre idée.

Elle lui caressa la jambe.

— Vous avez de la chance. Rares sont les instants qu'on ne peut plus oublier. Celui-là en est un. Profitez-en.

8

L'aiguille de la jauge flirtait déjà avec le zéro. À côté de ce bijou ma Mercedes était d'une sobriété d'ascète. J'ai guetté l'annonce d'une station Elf ou Total. Encore une absurdité sentimentale dont je ne souhaitais pas me débarrasser : acheter de l'essence française. Je le faisais chaque fois que je le pouvais en souvenir de Tom. En réalité il s'appelait Roger. Je l'avais rencontré à l'époque où je faisais la ligne Amsterdam-Istanbul au volant d'un bus appartenant à une compagnie hollandaise spécialisée dans le transport de freaks en route vers le grand Sud. Je conduisais et Tom faisait tout le reste : hébergement, nourriture et formalités aux frontières. Certainement le job le plus pourri qu'on m'ait jamais confié. La carrosserie du bus ne tenait que par la grâce des stickers qu'on avait collés dessus et, en tendant l'oreille, je parvenais à distinguer chacun des bruits particuliers des différentes pièces du moteur. Ça marchait quand même. Sans doute à cause du capital de confiance dégagé par la cargaison et des retombées du volume de dope qui se consommait dans la carlingue. « T'en fais donc pas, disait Tom, ce putain de bus est comme nous, il marche au hasch. » Il avait sans doute raison ; on y arrivait toujours. Tom était un anar-né. Chaque frontière le foutait en pétard et il considérait la présentation d'un passeport comme l'acte le plus obscène auquel un homme dût se soumettre. Il n'y avait qu'une chose sur laquelle il se montrait d'une intransigeance absolue. « Démerde-toi pour faire le plein chez une compagnie française, disait-il. Pas la peine d'engraisser le capitalisme étranger. » J'avais beau lui démontrer l'absurdité théorique de sa position, il n'en démordait pas. Un jour, il s'est fait descendre par un douanier turc en essayant de s'opposer à l'arrestation d'un baba suédois bourré de plaquettes de shit jusqu'aux lanières de son rucksack. J'ai largué la compagnie hollandaise, mais, chaque fois que je le peux, je prends de l'essence française. C'est tellement con que j'ai fini par ne plus pouvoir m'en passer.

J'ai trouvé un Total. Un des rares où l'on puisse encore se faire servir. Le pompiste n'en finissait plus de me regarder arriver. Quand je me suis arrêté il a simplement dit : « Waouahouh ! ! ! »

— Le plein de super, j'ai dit. Et les toilettes.

— Vous contournez le bâtiment et c'est tout

au fond. Prenez votre temps ; vous mettrez moins de temps à vous vider que moi à la remplir.

Je lui ai ouvert le bouchon du réservoir et j'ai enlevé la clef. Quand je suis parti il ne s'était pas encore décidé à décrocher le pistolet de la pompe.

J'ai pissé, j'ai bu un café. Quand je suis revenu, le plein était fait et la fille me souriait. Elle était assise à l'avant, son sac trônait à côté du mien sur la banquette arrière.

— Ça fait huit cents balles, a fait le pompiste, je vous ai nettoyé le pare-brise. Vous avez droit à huit bons. Encore deux pleins et vous gagnez une trousse à outils.

— Gardez-les.

Il m'a regardé, l'air d'un chiot pris en faute.

— Vous êtes fâché parce que je l'ai laissée monter ? Elle m'a dit qu'elle voulait vous faire une surprise.

Il a jeté un coup d'œil sur la fille et a ajouté à voix basse :

— Vous l'avez regardée ? Des surprises comme ça j'en ai encore jamais vu.

— Ça va, j'ai dit.

On a roulé un bon moment sans se dire un mot. J'ai glissé une main sous le tableau de bord. Le pétard était toujours là. Sous le soleil ses cheveux avaient des reflets roux. Elle les laissait flotter dans le vent. Leur désordre brouillait son visage.

— Vous m'en voulez ? dit-elle.

— J’en sais encore rien.

— Elle est à vous ?

— Non.

— Ne me dites pas que vous l’avez volée.

— Ça changerait quelque chose ?

Pour me sourire, elle a ramené ses cheveux en arrière. D’une seule main. Comme une baigneuse de Renoir. J’ai su que, quoi qu’il arrive, l’initiative de son départ ne viendrait pas de moi.

— Vous allez où ?

— Je ne sais pas. Je me tire, c’est tout.

— La Côte basque, ça vous va ?

— Biarritz ? J’ai toujours rêvé d’aller voir un jour à quoi ça ressemble.

J’ai rien dit. Tom disait toujours : « Quand tu fais une connerie, va jusqu’au bout. Ça vaut mieux que de se demander toute sa vie à quoi on a échappé. »

9

Pour une connerie c'en était une belle. Elle regarda autour d'elle, détaillant d'un air amusé la banquette tendue de cuir rouge et de tissu écossais, le tableau de bord, rouge aussi, parsemé de boutons de nacre et de chrome. Un boudoir à roulettes, une alcôve de bordel installée dans un camion à quatre places. N'importe quoi…

Et lui ? Massif derrière le volant rouge. Un volant comme elle n'en avait encore jamais vu. Gros comme une roue de charrette, chromé comme une débutante un soir de bal. Il conduisait doucement, les mains posées sur le cerceau. Juste posées, comme si elles maintenaient le cap par d'infimes pulsions internes. Des mains grandes et bronzées. Au médium de la gauche une bague d'argent portant, en son centre, une petite turquoise et dont l'avant était creusé de cinq virgules noires, comme les traces d'une patte d'ours. « Une bague indienne, bien le genre du bonhomme. » Il regardait la route. L'aiguille du compteur semblait s'être accrochée au chiffre quarante. Pas une oscillation. « Des miles, bien sûr. » Elle calcula rapidement avant de se lancer.

— Pourquoi ne dépassez-vous pas le soixante-dix ?

Il lui jeta un regard étonné. « Moi aussi je peux frimer, monsieur le robot », songea-t-elle en faisant glisser son regard le long des bras musclés.

— Rodage, dit-il.

— Ça signifie qu'on va se traîner à cette allure jusqu'à la Côte basque ?

Cette fois-ci, il ne la regarda pas.

— Si vous êtes pressée, changez d'équipage.

— Ça ira.

En fait, ça n'allait pas du tout. Elle serait sûrement en retard et la rencontre entre ces deux mecs risquait de tourner rapidement au vinaigre. Il allait vers l'Espagne, c'était déjà ça. Une chance inespérée dans cet océan de folie. Elle se demanda si le petit pistolet à crosse de nacre serait capable de l'impressionner. Elle pourrait sans doute l'obliger à s'arrêter ; ensuite elle n'aurait plus qu'à laisser faire Bruno. Et si la voiture était volée ? Un barrage et finie la balade…

Elle regarda le pli ferme de ses lèvres serrées. Pas le genre à prendre des risques inutiles. Pas dans un monstre pareil, sur l'autoroute et à soixante-dix kilomètres/heure. Comment savoir ? Comment serait Bruno après toutes ces années d'asphyxie ? Au début ses lettres étaient légères, rassurantes presque : il ne ferait pas sa peine sur un pied, non ; mais c'était moins dur qu'il ne le craignait. Et puis il y avait les autres ; tout un tas de mecs un peu branques qui racontaient leurs histoires en roulant des mégots. C'était comme un recueil de nouvelles. Elle l'avait senti naïf, plein d'admiration ou d'indulgence amusée pour des hauts faits qu'il n'aurait pas honorés d'un regard quand il lisait les journaux du matin à la recherche de la moindre idée… Tout s'était fissuré progressivement, sa chiourme n'était plus qu'un ramassis de connards où surnageaient, tant bien que mal, quelques salopards. Les lettres s'étaient faites plus nombreuses, plus longues aussi. Longues et lentes comme si elles essayaient de rendre compte de l'imperceptible grignotement du temps. Sans arbres ni fleurs. Sans le capot qui fend l'angle infini de l'asphalte. Sans la route. Comment serait-il après qu'on l'eut privé de tant de kilomètres ? Elle sentit les larmes rouler sur ses joues et disparaître dans le vent de la course sitôt passé l'abri de ses grosses lunettes noires. Elle se tourna vers la droite en attendant que la crise se passe. En même temps que l'attente, elle avait appris qu'il ne sert à rien de retenir ses larmes. Elle pleurait souvent. N'importe où. Au café, au cinéma, en marchant, sans se soucier des regards qui cherchaient à comprendre ou, plus souvent, à établir le contact. Une femme qui pleure est une femme vulnérable. Une proie facile pour les consoleurs professionnels. Pas elle.

— Vous pleurez ?

— Oui. C'est fini maintenant.

10

Je l'ai regardée. Par bribes arrachées à la route. Un coup d'œil sur le bitume, un autre sur son visage à travers le masque mouvant de ses cheveux. Elle les laissait flotter dans le vent, les mains posées à plat sur ses genoux.

Elle avait pleuré sans ostentation et s'était arrêtée d'un coup. Une vanne commandée par quelque mystérieuse impulsion électrique. Maintenant elle fixait le côté droit de la route, le regard voilé par les reflets roux de sa crinière, m'ignorant sans effort pendant que je m'efforçais de regarder devant moi. Pas facile sur une ligne droite et déserte, quand la route défile à la vitesse d'un escargot arthritique.

J'aurais peut-être dû faire quelque chose. Poser ma main sur son épaule, caresser paternellement sa nuque ou un autre truc du genre que font les hommes quand une femme semble leur faire le cadeau de sa détresse. J'aurais peut-être dû faire quelque chose au lieu de rester à la regarder en serrant bêtement mon gros cerceau de Bakélite rouge. L'ennui c'est que je ne savais faire aucune de ces choses.

Les femmes que je connaissais ne pleuraient pas. Du moins pas en ma présence. Je les repérais à leur façon un peu triste de porter leur quarantaine approchante. Nous parlions le moins possible, jamais de nous. Souvent, c'est à peine si nous aurions pu nous reconnaître, en pleine lumière, après une nuit passée dans la pénombre d'un bar, puis dans celle d'une chambre de motel dont les murs résonnaient du passage incessant des camions. Je ne m'étais jamais posé de questions sur leur présence ni sur la répétition mécanique des scénarios de nos rencontres. Je savais simplement qu'elles étaient toujours là, dans l'odeur de bière et de cambouis, dans ces troquets sombres où nous traînions nos insomnies.

— Ça marche comment votre truc ?

Ses doigts se baladaient sur les touches de nacre de l'autoradio.

— Qu'est-ce que vous voulez entendre ?

— J'en sais rien. De la musique. Vous avez des cassettes ?

— Désolé. Quand cette bagnole est sortie d'usine, on en était encore à la T.S.F.

Elle a ramené ses cheveux en arrière. Elle souriait. Ses yeux étaient secs.

— Ah bon, fit-elle. Et c'était quand ?

— En 1947. À Detroit, Michigan.

— Et c'est quoi ?

— La voiture ? Chrysler, modèle Town and country. Clark Gable avait la même. Il paraît que celle-ci appartenait à Esther Williams.

— Ah bon, refit-elle.

Elle pianotait sur l'autoradio. Des bouffées de musique, de commentaires tronqués, de trémolos d'amour syncopés nous tinrent lieu de conversation. J'ai essayé de trouver quelque chose d'intelligent à dire. J'ai rien trouvé.

Je me suis mis à compter les camions. Ils déboulaient comme des branques dans mon rétro, marquaient le pas le temps de nous sucer un peu les roues arrière, avant de nous avaler en faisant beugler leurs cylindres. Je les regardais défiler sur ma gauche, en frissonnant à l'unisson de nos carrosseries. Je pouvais jouer à ça pendant des heures.

— On dirait qu'ils nous caressent.

— Il y a de ça, dis-je, un peu surpris qu'un autre que moi, une femme de surcroît, puisse être sensible à la sensualité d'un trente-huit tonnes. Vous avez trouvé votre bonheur ?

Ses doigts s'emballèrent sur les touches, c'était comme une fugue férocement hétéroclite, et coupèrent le son.

— Ah ça ? Je ne cherche pas, je zappe. Avec un peu d'entraînement, on peut suivre jusqu'à six programmes en même temps. À condition d'être doué pour les plaisirs solitaires.

— Je comprends. J'aime bien m'amuser tout seul. Qu'est-ce qui vous a pris de me suivre, ai-je fait méchamment, ça vous a vexée que je ne m'arrête pas ?

— Un peu. Je ne fais pas signe à n'importe qui, vous savez. J'essaie de choisir. Dans ce genre de sport ça vaut mieux.

— Ravi de faire partie des élus. On peut savoir ce qui me vaut l'honneur ?

— C'est encore un peu tôt. Dites-moi plutôt pourquoi vous ne vous êtes pas arrêté. Je ne vous plais pas ?

— Demandez-moi pourquoi vous n'êtes pas en train de vous débattre sur la banquette arrière, tant que vous y êtes. Rien de personnel. Je ne prends personne quand je travaille.

— Parce que vous travaillez ? Dans cette voiture ?

— Qu'est-ce que vous croyez ? Que je l'ai volée ?

Elle éclata de rire. Un camion nous doublait et la cascade de son rire était comme une fêlure dans l'harmonie du grondement des pistons.

— J'avoue que je me suis posé la question. C'était idiot. Qui prendrait le risque de voler un tacot aussi voyant ?

11

Elle se sentait mieux. Presque tout à fait bien. Le genre de bien-être qui suit la victoire. Pendant un instant elle s'était demandé si elle parviendrait à le faire craquer. Et puis il y avait eu le sourire, suivi immédiatement d'un coup de gueule. Une colère qui sentait la reddition. Elle se cala contre la portière et laissa son regard glisser le long du corps de l'homme. C'est vrai qu'elle le trouvait beau. Dur aussi. Non, pas dur. Ferme plutôt. Élastique, c'est ça. Chaud et élastique. Elle le détaillait sans pudeur, jouissant de la chaleur qui envahissait ses joues chaque fois que ses yeux effleuraient le renflement qu'accentuait la coupe du Levis.

— Alors, ce travail ?

Il boudait. Elle adorait les bouderies des hommes. Un petit coup de râpe sur leur orgueil. Un mot gentil, une ébauche de confusion amusée et, l'instant d'après, on les cueillait tout tendres et gauches dans les ruines de leur virilité vacillante.

Elle accrocha son regard.

— Toutes les vieilles voitures sont des tacots, non ? Rien de péjoratif là-dedans.

Gagné ! Le sourire revint, un rien condescendant.

— Un convoyage, dit-il. La voiture a été refaite à Nice et l'acheteur est à Biarritz. C'est moi qui la livre.

— Il aurait pu venir la chercher.

— Bien sûr qu'il aurait pu. Mais les collectionneurs préfèrent faire appel à des professionnels. Pas facile d'avoir une telle voiture en main. Il y faut de l'expérience et du doigté. Sans compter que tout peut arriver sur la route…

Sagement recueillie dans son coin, elle le laissait parler. Le grand plaisir des hommes c'est d'expliquer le monde aux femmes. Celui-là n'échappait pas à la règle. Pas plus que l'autre. Celui qui l'attendait sur la route et dont elle se demandait qui lui avait expliqué le monde pendant toutes ces années passées à compter les pas des gardiens.

Un convoyage… Ça signifiait que quelqu'un l'attendait à l'autre bout. Quelqu'un qui s'inquiéterait vite et qui déclencherait l'alarme dès que le retard deviendrait suspect.

— Vous voulez dire qu'on vous paie pour vous balader en voiture ? Je connais un tas de gens qui feraient ça pour rien.

— Je connais aussi un tas de gens qui ne confieraient même pas un vélo à ces gens-là.

Elle comprit soudain ce qui l'avait attirée chez lui quand elle l'avait vu surgir du péage dans son invraisemblable bagnole rouge. Elle avait suffisamment rencontré de professionnels pour en reconnaître un d'instinct. Quelle que soit leur spécialité, ils avaient tous le même air de savoir où ils allaient sans paraître y accorder la moindre importance. Convoyeur de voitures ? Il aurait pu tout aussi bien être flic, dealer, soldat de fortune ou braqueur de banque. Elle frissonna ; elle s'était piégée toute seule. Elle cherchait un bonhomme docile, un quadragénaire suffisamment civilisé pour être sensible à ses charmes sans, pour autant, la basculer sur le siège couchette et elle s'était jetée tête baissée sur ce cow-boy qui pouvait être n'importe qui, y compris ce qu'il prétendait être. Elle songea à changer de voiture, disparaître au premier arrêt, sauter dans un camion ou dans la Mercedes du premier représentant venu.

Elle le regardait parler. Sa voix avait des intonations de moteur bien réglé. Rien ne pressait, après tout. Il allait vers l'océan, elle aussi.

— Et on vous paye bien pour ce boulot ?

— Dix mille balles. Plus les frais.

12

Tom disait toujours : « Quand une femme te laisse parler, tais-toi immédiatement. » Mais, bien qu'il s'en défendît, Tom était un incroyable misogyne. Je sentais bien que celle-ci faisait tout ce qu'il fallait pour me séduire mais comme, jusqu'à présent, aucune ne s'était donné le mal de le faire, je l'ai regardée m'écouter parler. Elle était belle, bien plus encore que quand elle m'était apparue sur l'autoroute. Elle m'avait choisi, poursuivi. Elle cherchait autre chose qu'une simple place gratuite pour l'océan. Et alors ? Qui sait combien de bonheurs je me suis refusés en évitant de mélanger les femmes et la route ? Pourquoi chercher à se prémunir contre les sacs d'emmerdes quand ils ont trente ans, les yeux gris et qu'un reflet roux s'accroche à leurs cheveux chaque fois que le soleil laisse traîner un rayon ?

Je me sentais plutôt bien. La voiture, elle-même, marchait mieux. Un changement subtil dans le chantonnement du moteur, une réaction plus souple, plus ample à mes sollicitations.

— Dix mille balles ? C'est énorme.

J'ai réprimé, in extremis, un sourire suffisant. Et si elle se payait ma tête depuis le début ? Avec un châssis pareil elle pouvait attraper n'importe qui. Il y en avait plein l'autoroute de ces gommeux prêts à allonger leur route de mille bornes en sautillant de motel en parking. Max avait raison : combien de temps fallait-il pour qu'un mec dans mon genre se transforme en vieille cloche solitaire ? J'en avais tant vu, la ceinture tendue par l'excès de bière, l'œil injecté derrière les ray-bans inutiles. Ils traînaient leurs vieilles bottes dans les gares à camions d'Amsterdam, d'Ankara ou d'Istanbul, brandissant leurs expériences pour masquer leurs mains tremblantes et leurs réflexes décatis.

— Dix mille balles pour deux jours et rien pendant cinq semaines. Au total, c'est de l'énorme un peu cheap, non ?

— Qu'est-ce qui vous empêche de recommencer tout de suite ? Les cargaisons délicates, c'est pas ce qui manque.

Qu'est-ce qu'elle s'imaginait ? Que je trimbalais les bijoux de la Couronne dans le volant, l'or de la Banque de France dans les pare-chocs et dix kilos de coke dans les parements de portières pour faire bonne mesure ?

— Et si on parlait un peu de vous, j'ai fait. Où

est-ce que vous filez avec votre baluchon et vos guibolles de coco-girl ?

— Ça a de l'importance ?

— Peut-être que oui. Tout dépend de qui vous court après.

Elle m'a regardé un bon moment. C'était pas déplaisant. Son regard me démangeait comme une petite chaleur entre mes fringues et ma peau. J'ai pensé à un parking du côté du Luc. Je m'y étais arrêté un jour en revenant d'Italie. Un bon souvenir. Trente-huit tonnes de spaghettis dans le dos, un 380 CV turbo sous les pieds et une Hollandaise complètement allumée dans la couchette.

— C'est les flics qui vous inquiètent ?

À quoi jouait-elle ? Histoire d'en savoir un peu plus j'ai foncé dans l'ouverture.

— C'est vous qui l'avez dit. Dix mille balles pour un simple convoyage, c'est plutôt bien payé.

— Tout dépend de l'importance du convoi et des rencontres qu'on peut faire.

— Il y a de ça, admis-je.

— Et si c'étaient les flics qui me couraient derrière ?

— J'aimerais autant le savoir.

— Pas de flics, fit-elle. Juste l'envie de changer d'air.

— Alors ça va.

— Vous me croyez ?

— Jusqu'au premier barrage, oui.

Son rire occupa tout l'espace. C'était comme si l'air que nous brassions se muait en frissons. J'ai repensé au parking du Luc. Mon jean me serrait un peu plus.

— Vous ne me prenez pas au sérieux, dit-elle.

J'ai laissé tomber ma main sur mon ventre. Négligemment. Son rire changea de tonalité. Je me suis senti rougir.

13

Elle n'aurait pas dû rire. Pas après son geste. Mais cette façon de dissimuler son désir était si jolie qu'elle n'avait pu masquer son trouble autrement qu'en pouffant. Comme une gamine excitée. Maintenant il avait les oreilles toutes rouges et la main soudée à la braguette.

Une chose était sûre : on ne le payait pas uniquement pour se balader dans cette invraisemblable chose chromée.

Quoi d'autre alors ? Un convoyeur certainement, mais pas de voitures. Elle imagina la vieille Chrysler truffée d'un tas de machins plus ou moins illicites. Des diamants, de l'or, du fric, de la came, des documents, des microfilms… n'importe quoi. Il se dirigeait vers une frontière. Qu'est-ce qu'on peut passer en Espagne ? Des armes pour les terroristes, des castagnettes pour les danseurs de flamenco ? Cocaïne ! Ce fut comme une révélation. C'était ça qui marchait maintenant. La came pour rupins. Tout le monde ne parlait plus que de ça.

Géniale, l'idée de transporter la dope dans un équipage aussi voyant. Un bahut rouge aussi voyant qu'un furoncle sur le nez d'une reine de beauté et qui se traînait à l'allure d'un cortège officiel… Une chose l'inquiétait : était-il au courant ou croyait-il vraiment au coup de la voiture ? Pour elle ça changeait tout. S'il n'était qu'un jobard, un simple cow-boy de macadam, aucun problème. Le moment venu Bruno n'aurait aucun mal à braquer le type et la bagnole. La liberté et suffisamment de fric pour se payer tout ce qui va avec. Dans le cas contraire… Elle refusa d'y penser. Il lui restait du temps. Assez pour essayer de savoir.

Et s'il avait un flingue…

Bruno portait le sien dans le dos, passé dans la ceinture de son pantalon. Les flics qu'elle avait rencontrés le planquaient sous l'aisselle ou sur le côté, bien à l'abri sous leur veste ou leur blouson. Des blousons courts du genre de celui que le type gardait malgré la chaleur. Sous l'aisselle gauche de manière à pouvoir l'attraper avec la main droite. Elle risqua un œil. Impossible de voir quoi que ce soit. La main gauche reposait toujours au même endroit et la position du bras plaquait le pan du blouson contre le torse du type. Au fait, il s'appelait comment ce type ?

— Moi c'est Agathe. Et vous ?

— Patrick.

On eût dit qu'il n'attendait que ça pour reprendre le volant des deux mains.

Libéré, le pan du blouson se mit à flotter dans le vent. Pas d'arme. Elle pouvait être n'importe où ailleurs ; dans ses bottes ou dans la boîte à gants. Furieuse, elle s'aperçut qu'elle pensait bien moins au flingue qu'au trouble que sa présence suscitait chez son compagnon de route et qui apparaissait maintenant de façon plus évidente que l'objet avoué de ses recherches.

Elle appuya rageusement sur le bouton de la boîte à gants.

— Vous cherchez quelque chose ?

— Vous avez quelque chose à cacher ?

Il n'y avait rien. Des documents techniques qu'elle compulsa sans vergogne, les papiers de la voiture et un tube de Fringanor.

— Qu'est-ce que c'est ?

— Du Fringanor. C'est marqué dessus.

Elle lut la notice. Deux, trois fois pour retarder le moment où elle devrait le regarder à nouveau.

— Vous voulez maigrir ?

— Pas vraiment. Je...

— Je sais à quoi sert cette saloperie. À ne pas dormir quand on meurt de sommeil. Je suppose que ça fait partie de votre panoplie de coureur de bitume.

— On dirait que la guerre est déclarée, sourit-il.

— Ne soyez pas stupide. J'ai soif. Arrêtez-moi quelque part et ne vous croyez surtout pas obligé de m'attendre.

Les yeux fermés, elle se dit posément que la meilleure façon de découvrir une arme sur le corps d'un homme était encore de l'obliger à se déshabiller, et qu'il ne servait à rien de se torturer les méninges pour savoir de qui, de l'homme ou du flingue, on avait le plus envie. Pas vraiment de quoi se mettre dans des états pareils.

14

En toute logique, j'aurais dû la débarquer. Elle m'avait délibérément harponné et, depuis la station-service, elle travaillait ses ouvertures en vraie professionnelle. Tout à l'heure, j'aurais même juré qu'elle cherchait à savoir si je portais une arme.

Je ne sais pas trop pourquoi, j'ai décidé de laisser courir. Peut-être n'étais-je déjà plus capable de l'abandonner. Peut-être que je n'avais plus rien à foutre de cette bagnole, de Max et du connard qui s'offrait une voiture de luxe sans l'aimer assez pour la conduire lui-même. Peut-être que, pour une fois, j'avais envie de suivre la route juste pour voir ce qu'il y avait au bout. Ou, tout simplement, peut-être que c'était la première fois qu'il m'arrivait un truc pareil.

Fidèle aux préceptes absurdes de Tom, je me suis garé sur le parking d'une station Elf. Juste en face de la vitrine du bar. Elle a ouvert les yeux. Derrière nous un Scania démarrait en faisant trembler l'air.

— Vous allez m'attendre, fit-elle.

— Allez-y. Je vous rejoins.

Pendant qu'elle tournait le dos j'ai détaché le flingue et je l'ai coincé dans ma ceinture. Elle montait le perron, sa robe dansait sur ses jambes. Dans le soleil on aurait juré qu'elle ne portait rien dessous.

J'ai ouvert le capot et j'ai baladé mon nez sur le moteur. Rien qu'une bonne odeur d'huile chaude. À travers la vitre, je l'ai vue s'installer à une table. Elle m'a regardé comme pour me défier de foutre le camp. J'y ai pensé un peu. Pas assez pour le faire.

J'ai pris tout mon temps. J'ai fait le tour de la Chrysler, j'ai donné des coups de pied dans les pneus, je me suis même mis à quatre pattes pour la regarder dessous. Un routier s'est approché. Il m'a demandé si tout allait bien. Il m'a posé des questions sur la voiture. On en a refait le tour ensemble. Pendant tout ce temps elle n'a pas cessé de me regarder. J'ai fini par la rejoindre.

— Vous en avez mis un temps. Vous aviez besoin de ça pour vous décider ?

— Qu'est-ce que vous prenez ?

— J'ai déjà commandé. Répondez-moi. Qu'est-ce qui vous a empêché de vous tirer ?

Un semi Volvo s'est arrêté à côté de la Chrysler. Je connaissais ce bahut. C'était celui de « Guigue », un type de Puget-Thénier. Un routier historique, une sorte de mythe. On lui avait retiré son permis l'an passé, après qu'il eut oublié un virage du côté de Grenoble. Il s'était envolé sur deux cents mètres et avait posé son camion sur ses douze roues en plein dans un bosquet de châtaigniers. Du beau boulot. La compagnie avait mis huit heures pour sortir son bahut ; sans une égratignure. À sa place un pilote de jet aurait eu droit aux honneurs de la presse, sans compter l'augmentation. Lui, on s'est contenté d'une prise de sang avant de le virer à vie. C'était un jeunot qui avait hérité du Volvo. Un costaud tout en muscles, en jean, bottes et tee-shirt. Il s'est avancé vers le bar, sans un regard pour son camion.

La serveuse s'est pointée avec un grand café et un jus d'orange. Son valseur lançait des signaux, comme un sémaphore. Elle a maté la fille un bon moment avant de faire attention à moi.

— Tu fais le taxi maintenant, Pat ?

J'ai rien dit. Elle a haussé les épaules avant de repartir.

— Vous ne prenez rien ? a dit Agathe.

— Rien qu'elle ne sache déjà.

— Je vois. Une fille dans chaque bar. Qu'est-ce qu'elle connaît d'autre sur vous ?

— Assez pour ne pas avoir à poser de questions.

Ça la fit sourire. Un sourire tout en dents, un peu raide, comme celui de la Chrysler à travers la vitrine de la cafétéria.

— Vous voyez cette voiture, j'ai dit. Elle est

presque neuve. Ça veut dire que chacune de ses pièces a été démontée. Celles qui étaient encore bonnes ont été nettoyées et révisées. Les autres ont été refaites. À la main, parce qu'il n'existe, dans le monde entier, aucun magasin qui les ait encore en stock. Chacune des parties de sa carrosserie a été repeinte, remodelée quand il le fallait. Le gars qui a fait ça y a passé six mois de sa vie à raison de neuf heures par jour, quatre fois plus de temps qu'il en fallait pour en monter une à l'époque où on en fabriquait encore. Et pourtant elle n'est que presque neuve. C'est ce presque qui fait sa valeur. Les quarante années nécessaires pour que naisse un objet unique.

La serveuse, elle s'appelait Nancy, m'a apporté mes œufs, mes frites et ma bière. Elle est repartie sans un mot vers le bar encombré de routiers, de touristes multicolores, de gosses fatigués et braillards.

— Ça veut dire quoi, ce discours ?

— Rien. Vous n'arrêtez pas de poser des questions. J'ai essayé d'y répondre.

C'est alors que je les ai vus. Ils étaient quatre. Des motards façon Hells Angels, sauf que ce n'étaient pas des Harley qu'ils montaient mais des Kawa ancien modèle. Des bécanes choppérisées pour la frime : grands guidons, petits réservoirs et peintures à paillettes. Roues dans roues, ils tournaient autour du parking, exhibant leurs tatouages, leurs cuirs noirs aux manches coupées.

Des Indiens arborant leurs oripeaux de guerre conçus pour effrayer ceux qui n'avaient à craindre que leur apparence. Ils ont ralenti devant la Chrysler. Les quatre cylindres des Kawa tournaient rond et les quatre pots reliés en un seul tube noir mat n'avaient aucun besoin du clinquant des chromes pour faire entendre leur puissance.

Ils ont entamé leur second tour de piste. Je me suis levé. Agathe m'a pris le bras.

— Je vais avec vous.

— Ne bougez surtout pas, j'ai fait.

Nancy m'a rejoint sur le perron.

— C'est à toi la bagnole ?

— Presque. Tu les connais ?

— Je les ai déjà vus. Ils vivent en communauté dans une baraque au-dessus du Luc. Leur spécialité c'est plutôt le touriste étranger.

Les quatre motards s'étaient arrêtés à mi-parcours. Ils regardaient dans ma direction. Un vieux coupé 504 noir est venu à leur hauteur. D'où j'étais je pouvais entendre son V6 gonflé.

— Et la Peugeot ?

— Jamais vue.

— J'y vais. Si ça tourne mal, dis à la fille que je l'attendrai au péage d'Aix-en-Provence.

— Qui c'est cette fille ?

— J'en sais rien.

Nancy avait l'air un peu triste.

— Juste assez pour avoir envie de savoir, elle a fait.

15

Elle connaissait bien cette manière de se déplacer. À la fois indécise et déterminée. Comme un chat devant le danger. La serveuse l'avait rejoint sur le perron. Ils parlaient sans se regarder. À l'autre bout du parking, les motards semblaient discuter avec les occupants d'une grosse voiture noire. Les touristes ravis attendaient un second tour de piste. Les gosses battaient des mains en imitant le bruit des moteurs tandis que des ados malingres gonflaient leurs biscottos sous leur tee-shirt publicitaire.

La serveuse lui jeta un bref coup d'œil.

Elle le vit descendre les marches en direction de la voiture. Et s'il partait ?

Elle jeta un billet de cent francs sur la table, ramassa son sac. La serveuse revenait vers elle.

— Ne bougez pas. De toute façon, il vous attendra au péage d'Aix-en-Provence.

— C'est lui qui vous l'a dit ?

La fille ramassa le billet et le fourra dans la poche de son tablier.

— Qu'est-ce que vous croyez ? Que c'est comme ça chaque fois qu'il s'arrête ici ?

— Il couche avec vous ?

— Qu'est-ce que ça peut vous foutre ? C'est vous qu'il trimbale en bagnole, non ?

Elle se sentit rougir. Au bout de la piste, les motards avançaient. Deux de chaque côté, comme pour prendre la Chrysler en tenaille. Elle posa sa main sur le bras de la serveuse.

— Laissez-moi partir.

— Pourquoi ? Vous ne le croyez pas capable de s'en sortir tout seul ?

— Je ne le connais pas, avoua-t-elle. Juste une heure. Pas davantage.

— Venez.

Elle la suivit jusqu'à l'entrée du snack. Sa main n'avait pas lâché le bras de la fille. Tout en haut, là où la naissance du sein s'appuie contre la rondeur du biceps.

— Surveillez la voiture noire. S'il y a un danger, c'est de là qu'il viendra.

La voiture ne bougeait pas. Sur la piste, les motos s'avançaient, slalomant entre les autres véhicules. Appuyé contre le capot de la Chrysler il les regardait venir, une main dans la poche de son jean, l'autre passée dans sa ceinture, sous le blouson.

— Vous croyez qu'il est armé, souffla-t-elle.

La fille dégagea doucement son bras.

— Ne vous occupez que de la voiture noire. Dès qu'elle se mettra en route, descendez les marches en babillant n'importe quel truc de femme du monde, jetez votre sac dans la voiture et installez-vous dedans. Vous vous sentez capable de ça ?

— Je crois, oui.

— Alors faites-le.

La fille lui pressa doucement le bras.

— Bonne chance, et n'oubliez pas de faire du volume. Beaucoup de volume.

16

De près ils avaient l'air de ce qu'ils étaient : des clowns. Une bande évadée d'un ciné de quartier, Mad Max revu par les herbes de Provence et les fantasmes d'une modernité douteuse, un peu rance. Des marmots ébahis par leur propre audace. J'en avais honte de serrer aussi fort la crosse de mon pétard.

— C'est à toi la bagnole ?

— Presque, j'ai dit.

Ils s'étaient arrêtés sur une ligne, moteurs tournant et les bottes sur le macadam. Derrière eux la foule bruissait d'hypothèses.

— Ça veut dire quoi, presque ?

La voix du chef manquait d'assurance. Manifestement, il n'était pas préparé aux dialogues en demi-teintes. Les trois autres ricanaient en frottant leur cul sur leur selle.

— Elle est à moi pour mille bornes. Ensuite elle sera à qui saura la garder. Ça te va ?

— Presque. Lance-nous les clefs.

— Donne-moi une raison de le faire.

— Nous quatre. Ça te va ?

J'ai haussé les épaules. Derrière moi le jeunot descendait les marches en lissant son jean sur ses cuisses. Il faisait tourner les clefs de son bahut autour du majeur de sa main droite. J'aurais donné n'importe quoi pour qu'il les foute par terre.

— On se connaît, non ?

— Je connais ton bahut, si c'est ça que tu veux dire.

— Des ennuis ? sourit-il.

Je lui ai rendu son sourire.

— Ça finira bien par s'arranger.

Il s'est dirigé vers le Volvo et moi vers la portière gauche de la Chrysler.

— Eh, l'enfoiré ! Je t'ai parlé.

— Pas moi, j'ai fait en lançant le V8.

Il est descendu de sa bécane. Il avait l'air incroyablement jeune malgré les tics qui lui ravageaient la gueule. Derrière les verres fumés ses yeux tournaient comme des boules de billard speedées.

— Nous quatre et un fusil, ça te va, connard ?

— Je ne vois pas de fusil.

Il a bien essayé de dire quelque chose mais pas assez fort. Le moteur du Volvo faisait plus de bruit que lui. J'ai enclenché la marche arrière en même temps que le trente-huit tonnes commençait à reculer. La fille courait vers moi. Elle souriait en babillant des trucs que je ne pouvais entendre.

Elle a jeté son sac sur la banquette arrière et, tout essoufflée, est venue se poser à côté de moi.

— Qu'est-ce que vous dites ?

— Des conneries. Vous essayez de partir sans moi ?

J'ai pris la direction de l'autoroute, laissant derrière nous un boucan de cris de rage et de ferrailles écrasées.

— C'est quoi ce bruit ?

— Rien. Juste un peu de repassage.

17

— Vous n'aviez aucun besoin de moi, hein ? Juste un truc inventé par votre copine pour que j'aie l'air un peu plus idiote.

Il conduisait comme s'il ne s'était rien passé. C'est à peine si ses yeux rencontraient un peu plus souvent leur reflet dans le rétroviseur.

— On nous suit ? Répondez-moi, bon Dieu !

— À quoi ? Vous n'arrêtez pas de poser des questions.

— Vous parlez comme mon père. Lui non plus n'aimait pas les questions. Il a éludé les miennes jusqu'à sa mort.

Il lui sourit. Plutôt gentiment, trouva-t-elle.

— Sans doute qu'il ne connaissait pas les réponses.

— Justement. Un père doit les connaître. Sinon il ne sert à rien.

— Ah..., fit-il.

Tout à fait comme son père, cette manière paisible de clore toute discussion. Ce mélange insupportable d'orgueil et d'humilité qui faisait passer les mots pour les parasites de la ligne mélodique du silence. Il était mort, la laissant pour toujours sur un point d'interrogation. Et la voilà qui en ponctuait encore la route du premier inconnu de passage. Elle se sentait vide comme la gamine qu'elle avait été et qui contemplait sans comprendre la tristesse soudaine des adultes. Bruno, non plus, ne parlait pas beaucoup et répondait encore moins. Il décidait et elle suivait ses errances, non par passivité — du moins s'en persuadait-elle — mais par émerveillement d'avoir été choisie pour compagne par ce solitaire hautain qui brandissait ses armes et son cynisme épique à la face des banquiers et des flics. Elle était la femme de Cartouche, de Mandrin, de Mesrine. Elle flambait tous ces billets volés comme si, de tout temps, elle avait été destinée à jouir de ce trop-plein de fric que les blaireaux entassaient dans des coffres à seule fin de faire tourner le système. « Nous sommes le maillon le plus indispensable de l'écologie capitaliste, disait-il. Sans nous ni police ni matons. Finies la répression et la juste crainte qu'elle inspire à ceux que la seule idée de liberté fait trembler. En fait, nous sommes le dernier rempart contre l'anarchie. » Ça les faisait rire. Ne jamais poser de questions, vivre comme si ce putain de soleil devait se décrocher de ce putain d'espace pour venir lécher d'un peu plus près la tronche du monde. Il s'était décroché ce putain de soleil, d'un coup sec, il lui avait chauffé la tronche et les questions étaient revenues, brûlantes d'avoir trop longtemps fermenté.

— On nous suit.

— La voiture noire ?

— Vous l'aviez remarquée ? Compliments.

— Pas moi, votre copine. La fille du bar. Elle pensait que le danger venait de là. C'est pour faire diversion que j'ai sauté dans la voiture en jouant les évaporées. Plutôt raté, non ?

— Pas si sûr. L'intervention du camionneur n'était pas prévue.

Elle lui sourit, se demandant combien de filles et de camionneurs l'attendaient sur sa route.

— Qu'est-ce qu'on fait ?

— Rien. On attend.

18

Putain, mais qu'est-ce que c'était que ce délire ? Quatre gugusses sortis tout droit d'une pelloche d'un film de Corman, une Peugeot noire équipée d'une pétoire et du cinglé qui allait avec et une créature de rêve qui, une heure après l'avoir connu, traversait la plazza en babillant, histoire de ne pas laisser le beau cow-boy patauger tout seul dans la mouise. À croire qu'elle avait fait que ça toute sa vie.

À tout prendre, le seul mec normal dans tout ce bordel c'était le jeunot. Les routiers n'aiment pas les cinglés qui prennent l'autoroute pour la mer de Chine. Simple question d'écologie élémentaire. J'ai fait signe au bahut de passer. Il m'a doublé en faisant gueuler son avertisseur. Dans la cabine, le jeunot se marrait en brandissant son pouce. J'ai soulevé de ma tête un chapeau imaginaire et il est passé. On aurait dit qu'il avalait la route. T.I.R., encore un qui allait voir du pays.

J'avais la voiture noire dans le rétro. Elle flemmardait à distance, trop loin pour que je puisse voir la gueule du conducteur.

— Un ami à vous ?

— Qui, le routier ? Jamais vu avant. Je connaissais juste le camion.

— Vous vous payez ma tête.

— Pourquoi ? Parce que je connais un camion ? Le gars qui le conduisait avant s'était débrouillé pour que personne n'oublie jamais son bahut.

— Et maintenant ?

— Disons qu'il s'est approché un peu trop du soleil. Ça vous va ?

— Certainement plus que vous ne le pensez.

J'ai rien trouvé à dire.

La dernière fois que j'avais vu Guigue, il zonait le long de la promenade des Anglais. Un vieux manteau flottait sur lui comme le drapeau d'une armée vaincue. Il tétait le goulot d'une bouteille de blanche qu'il tendait, de temps en temps, au type qui l'accompagnait. Un type gris, le genre de mec qui n'a jamais pu imaginer qu'une boîte aux lettres puisse contenir autre chose que des factures. J'ai pas osé lui parler. Comment pouvait-elle capter un truc pareil ?

— Ça vous arrive souvent de risquer votre peau pour un type que vous venez de rencontrer ?

— On dirait que vous vous y mettez vous aussi ?

— À quoi ? j'ai fait.

— Ben, aux questions, pardi.

Drôle de fille. À peine avais-je le temps de m'habituer à sa tristesse qu'elle me faisait le coup de l'espièglerie émancipée.

— Ouais, j'ai fait. Disons qu'il m'est arrivé beaucoup de choses depuis le péage d'Antibes.

— C'est pour ça qu'on vous paye. Non ?

Retour à la case départ. Tom disait qu'il était plus facile pour un chameau de passer par le chas d'une aiguille que, pour un homme, de discuter avec une femme. Il disait aussi que celle-là il ne l'avait pas trouvée tout seul mais qu'il l'avait lue Dieu sait où et qu'il l'avait adoptée comme pouvant être sienne. Un vrai philosophe, ce Tom. Dommage qu'il ait plus aimé ses copains que la sagesse.

La voiture noire était toujours là.

J'en ai eu marre.

— Qu'est-ce que vous faites ?

— Je m'arrête.

Elle ouvrit la bouche, se ravisa, tordit son cou en direction de la Peugeot. Sa peau était blanche entre les mèches balayées de roux. Une oreille apparut, impudiquement, me sembla-t-il.

Des cris d'enthousiasme saluèrent notre arrivée sur l'aire de repos. La Chrysler se mirait complaisamment dans les yeux des gosses, provoquait les commentaires des hommes, les rêves enfouis des femmes. Nous nous arrêtâmes en face des chiottes, là où le va-et-vient des utilisateurs de l'édicule nous rendait le moins vulnérables.

J'ai posé mes bras sur le volant, décollé mon dos du siège. Le 38 cessa de me martyriser les reins. La Peugeot quitta l'autoroute et s'arrêta à deux cents mètres de nous, sous un bouquet d'arbres.

— Et maintenant ?

— Si c'est à vous qu'ils en veulent j'ai peur que vous ayez choisi la mauvaise voiture. Nous sommes aussi discrets qu'une locomotive dans un garage à vélos et, même si je voulais le pousser, mon moulin n'aurait aucune chance face à leur V6.

— J'ai compris. C'est ici que je descends.

— Attendez…

Son bras était tiède et ça ne me fit aucun bien. Si j'étais sûr d'une seule chose c'était que je n'aurais jamais dû la toucher.

— … J'ai besoin de savoir.

19

Sa main était chaude. Elle crut qu'il allait l'embrasser. Elle se dit qu'elle n'avait encore jamais goûté de moustache et se passa la langue sur les lèvres comme pour atténuer le picotement qui ne manquerait pas de suivre le baiser. Les gosses dansaient autour de la voiture. Les gens les regardaient avec cette curiosité émue que provoquent les disputes d'amoureux.

— Je vous l'ai dit : personne ne me cherche.

Il retira sa main et ses rêves de moustache disparurent. Inexplicablement il semblait avoir vraiment du mal à la croire. Pour elle il n'y avait pas le moindre doute : on en voulait au contenu de la voiture. Une bande rivale avait eu connaissance du convoyage et cherchait à piquer la drogue. De toute façon il fallait qu'elle descende. Elle aurait préféré le faire sur un baiser… Les hommes sont tous les mêmes : ceux qui ne vous plaisent pas se ruent sur vous avec des grognements de soudards, les autres ont pour votre honneur des atermoiements de damoiseaux. Dommage que les rencontres se fassent toujours au moment où elles ne servent plus à rien.

— Je crois qu'il vaut mieux que je descende.

Elle se mit à genoux pour attraper son sac et faillit se retrouver sur la banquette arrière. Les gosses s'éparpillaient en criant, un camion les doublait en beuglant, ils étaient à nouveau sur l'autoroute.

20

— Qu'est-ce qui vous prend ? Vous êtes dingue.

Un peu que j'étais dingue. J'avais laissé la moitié de mes pneus sur ce putain de parking, monté le régime à plus de 7 000 tours et je fonçais sur l'autoroute en compagnie du plus beau sac d'emmerdements jamais ramassé sur le bord d'une voie carrossable. J'étais en train de tout foutre en l'air, le boulot, la confiance de Max et, sans doute, une voiture unique en Europe. Dingue ? Complètement à la masse, oui.

— Fallait y penser avant, j'ai marmonné.

— Penser à quoi ? Que vous étiez le genre de type à traîner derrière lui une horde de motards crasseux et un tueur psychopathe en voiture noire ?

— Couchez-vous !

La calandre de la Peugeot bouffait tout le rétro. Le canon d'une carabine dépassait de la fenêtre du passager. J'ai écrasé le frein à l'instant même où le reflet se déplaçait vers la gauche. La Chrysler s'est mise en travers pendant que la Peugeot, en pleine accélération, entamait un flirt mortel avec le rail de sécurité. Le phare à main de la Town and country explosa, au-dessus de nos têtes le ciel semblait pris dans le jeu de miroirs d'un kaléidoscope géant. Un Scania nous évita en hurlant. Face à face, les calandres étincelantes semblèrent, un instant, se défier comme les masques de deux guerriers présumériens.

J'ai remis la voiture dans le bon sens et je l'ai laissée glisser le long de la bande d'arrêt d'urgence. Je me suis affalé contre le volant. C'était comme si mon cœur, mes tripes et tout mon foutu cerveau étaient encore en train de tourner au milieu de tout ce cirque de goudron.

— Ça va ?

— Comme un mouchoir dans une essoreuse. Et vous ?

Elle hocha la tête. Ses lèvres souriaient dans ses cheveux défaits. Comment faisait-elle pour rester aussi belle ? Je m'entendis le lui demander. Elle fut dans mes bras avant que je puisse bafouiller une vanne vaseuse sur les questions idiotes et les idiots qui les proféraient. C'était chaud, doux et bien plus tendre que le plus vaporeux des rêves. Le genre d'étreinte irréelle qui vous envahit la tête quand l'aube décolle le sommeil et que la réalité ne vous a pas encore sauté à la gueule. Sa bouche tremblait contre la mienne comme si elle eût cherché à me dire des choses trop intimes pour les confier à l'air. Elle prit ma main, la frotta contre son ventre.

— J'ai encore jamais vu un camion d'aussi près, murmura-t-elle.

J'ai replongé dans sa bouche, mes doigts faisaient nerveusement remonter sa robe le long de ses cuisses. J'étais plus chaud qu'un crachat au soleil. Elle a glissé sa langue dans mon oreille. Sa voix semblait sortir d'une concasseuse.

— On devrait peut-être attendre que les flics soient partis, souffla-t-elle.

21

Elle les avait vus venir de loin, casques blancs, chemises bleues, sur leurs bécanes bleues. Elle glissait déjà le long du tissu écossais pour s'ouvrir à l'araignée qui grignotait sa robe, chavirée qu'elle était par le cocktail de peur et de désir qui l'avait propulsée, bouche la première, contre cette moustache dont elle imaginait, Dieu sait pourquoi, l'arôme comme un mélange étourdissant de poivre et de tabac anglais. Elle lui avait trouvé, en fait, un goût de sueur et de mécanique chaude plus conforme à ce qu'elle savait de l'homme qui l'étreignait avec une douceur étonnée quoique délicieusement précise. L'arrivée des motards lui évita d'avoir à chercher en elle ce sursaut sans lequel elle eût été irrémédiablement épinglée en plein air, sur cette banquette, dans ce carnaval de tôle rouge secouée par les puissantes accélérations des camions en pleine charge. Non qu'elle en eût le désir, mais parce qu'y céder serait revenu à compliquer à l'extrême une situation qui ressemblait déjà à un panier de laine dans lequel on aurait laissé s'ébattre une portée de chatons bourrés de Maxiton.

Il rabattit sa robe sur ses cuisses, non sans avoir jeté un regard sur l'état du chantier qu'il laissait, effleura ses lèvres d'un dernier coup de moustache et sourit aux gendarmes.

— Gendarmerie nationale. Vous avez les papiers du véhicule ?

Il les avait. « Pas une voiture volée, toujours ça de gagné. » Elle écouta distraitement les sermons du flic, vannes graveleuses sur les endroits propices à l'assouvissement des petites envies subites, pendant que le deuxième faisait lentement le tour de la voiture.

— ... une queue-de-poisson et tout s'est mis à tourner. On a eu si peur qu'on est tombés dans les bras l'un de l'autre. Putain, j'ai vraiment cru qu'on y restait.

Le premier motard écoutait en tapotant carte grise et permis de conduire sur le bout de ses doigts, l'autre finissait son tour. Quand elle le vit poser sa main sur la carcasse du phare à main, elle sut que le cauchemar allait recommencer.

22

— On dirait que vous avez perdu un phare, monsieur.

J'ai horreur des flics quand ils vous appellent « monsieur ». Surtout quand ils viennent de repérer un impact de balle sur la carrosserie de la voiture que je conduis et qu'un 38 sans permis me laboure les reins.

— J'ai dû toucher le camion sans m'en rendre compte. De toute façon, c'était un phare à main. Même à l'époque ça ne servait pas à grand-chose.

— Un camion vous l'aurait arraché, monsieur. Regardez cette trace. On dirait bien que quelqu'un s'est payé un carton sur votre pièce de collection.

J'ai essayé de rire. Une grenouille enrhumée aurait fait mieux.

— Vous rigolez. Pourquoi voulez-vous…

— Non, je ne rigole pas. Descendez de voiture, monsieur, et gardez vos mains bien en vue.

Ils avaient tous les deux dégagé la crosse de

leurs flingues. Un geste de trop et j'étais bon pour le tir groupé. Tout ça parce que je n'étais pas foutu de virer de ma vie les gonzesses en perdition. Les mains sur la carrosserie j'ai fait le tour de la voiture. Un flic me couvrait pendant que l'autre arrêtait la circulation et ramassait les débris du phare. Ils avaient l'air vachement contents, les pandores. De leur point de vue, pour trouver plus cuit que moi fallait faire les poubelles d'un incinérateur.

J'ai regardé la fille. Elle était blême et me regardait comme si je venais de passer sa vie au lance-flammes.

— Vous avez des papiers, madame ?

Elle en avait. Toujours ça de gagné. Le flic y jeta un coup d'œil avant de les fourrer dans la poche de sa chemise. Si quelqu'un lui courait après, c'étaient pas les gendarmes. Tout au moins pas ceux-là.

— Tournez-vous, monsieur. Faut que je vous fouille.

— Pas la peine, j'ai fait en soulevant mon blouson.

En guise de consolation, je pouvais toujours me dire que j'avais ensoleillé la journée de deux braves gendarmes.

23

C'était il y a six ans mais le fourgon aurait pu être le même. Ils filaient vers l'Espagne dans la Jaguar qu'ils venaient d'acheter à un retraité qui ne pouvait plus faire face aux exigences de douze cylindres enrobés de chrome, de cuir et de métal. « Une voiture clean pour une vie clean », avait dit Bruno. Elle l'avait cru malgré la balle qui nichait toujours dans son épaule et le flingue qu'il portait attaché à son mollet. « Juste pour la route, petite. Sitôt arrivé je l'enterre avec le reste. » Elle l'avait cru parce que le bonheur se déguste à même la minute, que le cuir de la Jag sentait bon et que le dernier braquage avait rapporté de quoi s'imaginer que cette minute pouvait être suivie de quelques autres. Elle l'avait cru parce qu'elle en avait marre de croire autre chose.

La voiture, une Mercedes noire, avait surgi dans le rétro, le canon d'une carabine dans le cadre de la fenêtre du passager. Bruno qui ricanait en écrasant le frein et la Jag qui partait comme une toupie au milieu d'un paysage saisi par la démence. La peur et l'adrénaline se transformant en passion dans une aire de repos jusqu'à ce que deux flics en patrouille remarquent les trous dans l'aile… Le même fourgon. À croire qu'à sa naissance un monstrueux fourgon avait masqué la configuration de la Vierge et du Verseau.

Le capitaine lui rendit ses papiers.

— Vous étiez la compagne de Bruno Tanzi ?

Elle apprécia d'un sourire l'élégance du terme.

— Je le suis toujours.

— J'en suis persuadé, mademoiselle de Courson. Il ne vous reste guère que quinze ans à attendre, dix au mieux. Depuis quand connaissez-vous l'homme à la voiture rouge ?

— Depuis ce matin. Je faisais du stop. Il s'est arrêté.

— D'après le rapport de mes hommes il semble qu'ils soient intervenus juste à temps. Deux minutes de plus et vous étiez bons, l'un et l'autre, pour une inculpation d'attentat à la pudeur.

— C'est vrai qu'ils auraient pu attendre. Je ne leur en veux pas, si c'est ça qui vous gêne.

Le flic se pencha en avant. C'était un de ces gendarmes de la nouvelle génération. Sans l'uniforme on aurait pu le prendre pour un jeune juge de gauche.

— Ce qui me gêne c'est le flingue. Vous vous assurez toujours qu'un homme est armé avant de tomber dans ses bras ?

Elle ne put s'empêcher de sourire. Il ne savait pas à quel point sa remarque était juste.

— Bien sûr. Que croyez-vous que j'étais en train de faire sur la bande d'arrêt d'urgence ?

— Femme de truand jusqu'au bout des ongles, hein ! C'est Tanzi qui vous a appris à parler aux flics ?

— Disons qu'il n'a fait qu'encourager une légère prédestination.

Pure vantardise. Toute sa vie elle avait craint l'ordre et ses représentants. Gamine, la seule vue d'un uniforme la plongeait dans des transes de culpabilité. Un jour, en allant à l'école avec son frère, ils s'étaient amusés à dégommer au lance-pierres les isolateurs des poteaux électriques. Des gros godets de porcelaine blanche qui explosaient sous l'impact des billes d'acier et retombaient comme des fragments tranchants de pierres précieuses. Les gendarmes du village avaient déboulé dans la salle de la communale et évoqué le spectre de la maison de correction devant un parterre de gamins ricanants. Pliée en deux par la colique, elle s'était enfuie aux cabinets jusqu'à ce que le maître vienne la chercher. Maintenant encore, elle ne pouvait s'empêcher de penser que cet épisode était à l'origine de ce qu'elle avait fait de sa vie.

— À quoi pensez-vous ?

La question la désarçonna. Il y avait comme de la tendresse dans le regard du flic.

— Plutôt intime comme question, non ?

Il sourit.

— C'est vrai qu'elle ne figure pas souvent dans les comptes rendus d'interrogatoire. Parlez-moi de cet incident sur l'autoroute.

Le plaisir qu'elle prit à le faire la surprit. C'était comme si l'évocation des faits lui faisait découvrir le retentissement qu'ils avaient eu en elle. Un plaisir analogue à celui que prennent des amants à se souvenir sans cesse des détails de leur première rencontre, à débusquer chacun des signes du désir comme autant de joyaux enfouis dans la routine amnésique du bonheur.

— L'avez-vous vu sortir son arme ?

— Non. Je n'ai su qu'il était armé qu'à l'instant où il ne l'était plus.

— Une dernière question, mademoiselle. Où allez-vous ?

« *In cauda venenum* », pensa-t-elle. Demain Bruno va s'évader et l'imparable mémoire policière se mettra en route.

— Attendre. J'ai quinze ans pour ça, dix au mieux. Ça me laisse le temps de choisir.

24

Le flic m'a tout rendu. Même le flingue.

— À l'avenir, veillez à ne pas le sortir de votre voiture. Ou bien demandez un permis. On a lancé un avis de recherche contre la Peugeot noire. Ça m'étonnerait que ça donne grand-chose. Tâchez d'éviter les grands axes, il est possible que vos agresseurs connaissent votre destination. J'ai eu votre employeur. Il vous demande de l'appeler dès que possible.

J'ai fourré le tout dans mes poches.

— Vous lui avez parlé de la fille ?

— J'ai pas l'impression que ça lui aurait fait plaisir. Et puis c'est pas mes oignons.

— Alors je peux y aller ?

— Ça a l'air de vous surprendre. Malgré ce que disent les journaux on arrête plus de coupables que de victimes.

— Dont acte. Eh bien au revoir et merci.

Il a attendu que je sois à la porte pour me rappeler. Encore un qui prenait des cours du soir avec Colombo.

— Une dernière chose, Malinsky.

Tiens, le « monsieur » avait sauté. Mauvais signe. Je me suis senti soudain moins victime que tout à l'heure.

— Pourquoi avoir essayé de cacher à mes hommes qu'on vous avait tiré dessus ? D'habitude les honnêtes gens portent plainte pour moins que ça.

— Disons que les flics ne m'ont pas toujours classé dans la même rubrique que les honnêtes gens. Ça, plus le flingue… J'ai pensé que ça pouvait faire beaucoup.

— Je me suis fait communiquer votre pédigree. Pas de quoi fouetter un chat. Un peu de contrebande, quelques commissariats incendiés à l'époque où c'était le sport favori des philosophes et des fils de famille. Je connais des ministres qui se vantent publiquement de ce genre de choses. Pour ce qui est du flingue, le convoyage de cent briques justifie qu'on prenne certaines précautions. La preuve.

Je me suis dit que si le monde changeait aussi vite que les gendarmes, les énarques allaient finir gérants de supermarché. Avec ses lunettes rondes et sa façon de porter son uniforme comme s'il sortait de l'atelier de Nino Cerruti, celui-là me faisait penser à un putain de trotskiste en mission d'infiltration.

— Qu'est-ce que vous voulez, on ne se refait pas. Demandez donc à vos supérieurs de promouvoir des cours de recyclage pour margeots souffrant de flicophobie aiguë.

— C'est une idée qui peut faire son chemin. Vous savez ce que je pense Malinsky ?

— Que Tonton est le meilleur président de la cinquième. D'après l'INSEE c'est ce que pensent 60 % des membres de votre arme.

— Je pense que vous cherchiez à protéger cette fille.

— Pourquoi ? Elle en a besoin ?

— Que savez-vous d'elle ?

— Pas grand-chose. J'allais en apprendre un peu plus quand vos pandores sont arrivés. Écoutez, j'ai pris cette nana à Antibes. Elle faisait du stop et j'ai eu la chance d'arriver le premier. Avant qu'on manque de se casser la gueule, on se vouvoyait. Après, on avait si peur que baiser nous a semblé la chose la plus urgente à faire. Là-dessus, les anges de la route débarquent au moment où nos cerveaux se baladaient en dessous de la ceinture. D'accord, j'ai déconné, mais avouez quand même que j'avais des circonstances atténuantes.

Il n'a pas avoué. Il a continué à me regarder comme si j'essayais de lui vendre un merlan vieux de quinze jours.

— Elle vous a dit où elle allait ?

— Non. C'est elle qui m'a demandé où j'allais.

Globalement la direction avait l'air de lui convenir.

— La Côte basque ?

— J'ai dit globalement. Entre Antibes et la Côte basque il y a de quoi changer trente fois d'itinéraire.

— On ne peut pas dire que vous soyez curieux.

— Non. Je ne le suis pas. C'est pas mon métier.

— O.K., Malinsky. Vous pouvez partir.

— Monsieur Malinsky, si ça ne vous fait rien.

Il s'est contenté de sourire. Un jour j'ai vu un chien de chasse à qui on venait de retirer une bécasse de la gueule. Un vieux chien. Il avait le même sourire.

25

Sur le parking de la gendarmerie, la Chrysler ressemblait à un coquelicot perdu dans un champ de bleuets. « Une demi-mondaine parée pour la noce… », pensa-t-elle en laissant ses doigts glisser sur la robe rouge de la belle américaine.

Elle franchit le mur d'enceinte, la chaleur de midi la clouait dans une gangue de moiteur dolente, se traîna jusqu'au banc vert sombre abrité par les feuilles poussiéreuses d'un laurier-rose qui semblait posé là pour accueillir les pensées moroses de ceux qui sortaient d'en face, et fit avec délectation l'inventaire de sa poisse. Elle avait perdu sur toute la ligne : les flics ne manqueraient pas de faire le rapprochement entre sa présence et l'évasion de Bruno, toutes les routes du Sud seraient ratissées, son signalement donné aux frontières et leur beau rêve espagnol finirait dans un fourgon bleu aux armes de la gendarmerie nationale. Bien sûr, elle pouvait continuer. Arrêter une voiture, se faire amener au point de rendez-vous, ramasser son amant — si vieux qu'elle ne se souvenait presque plus de la tonalité de ses caresses — et se fier à une chance qui n'avait jamais manqué, jusqu'à présent, de la trahir, comme si sa vie n'avait été qu'une longue erreur ponctuée de temps à autre d'étincelants moments de plaisir bien trop courts pour que, même mis bout à bout, ils puissent ressembler à une ébauche de bonheur. Mais à quoi bon faire le malheur d'un homme de plus ? Risquer la vie d'un brave mec qui avait commis l'erreur de n'avoir pas su résister aux plaisirs entr'aperçus d'une robe de soie flottant sur des jambes et d'un sourire promettant des choses qu'il n'avait jamais eu l'intention de tenir. Et puis, comment serait Bruno ? Élégant et tendre comme au début ou enragé par cinq ans de cage ? Jusqu'où était-il capable d'aller pour rester dehors ? Elle se souvint de tous ceux qu'elle avait vus sortir, leurs visages blêmes, leurs regards allumés bien au-delà de la simple inquiétude et cette façon de faire face au monde comme si le fait de lui tourner le dos était déjà un retour vers l'enfer.

Elle ne voulait plus de cette vie.

Seul un homme comme Malinsky aurait été capable de changer les choses. Elle l'avait vu à l'œuvre face aux motards, aux tireurs en voiture noire et aux flics. Bruno ne l'aurait pas impressionné. Avec lui elle aurait pu mener à bien cette mission absurde, dire à Tanzi tout le bien qu'elle lui souhaitait et continuer sa vie sans flingues accrochés aux portemanteaux, sans la hantise de voir l'anti-gang débouler au milieu des soupers fins qu'elle préparait à chaque retour triomphant de son héros douteux. Il avait fallu qu'il se fasse prendre pour qu'elle comprenne qu'elle avait, depuis longtemps, cessé de l'aimer.

C'était pour le lui dire qu'elle avait accepté d'aller le chercher.

Elle ne s'était pas trompée en croisant le regard de Malinsky au péage d'Antibes. Elle avait eu sa chance et elle avait su la saisir, la rattraper même. Pas de sa faute si cette chance avait déjà un passé en marche et si les impondérables de ce passé avaient, une fois de plus, joué contre elle. Elle était partie chercher un homme et elle en avait perdu deux. Elle n'aurait pas trop de toute sa vie pour y penser…

Une bande de flics tournaient en rigolant autour de la Chrysler. Ils savaient déjà. Patrick et sa voiture ne sortiraient jamais ensemble de cette caserne.

Elle prit sa décision : fuir.

— Mademoiselle… !

Encore une drôle de bagnole. Bicolore, surbaissée, décapotée et assez grande pour contenir deux passagers et leurs trousses de toilette. À l'intérieur, entre les branches d'un gigantesque volant, un petit mec brun la regardait en faisant tout ce qu'il pouvait pour avoir l'air méchant.

— Vous attendez Patrick Malinsky ?

— Pas vraiment, non.

— Ah, ne commencez pas à vous foutre de ma gueule. Vous étiez avec lui sur l'autoroute.

Elle se leva et fila en direction de la rumeur de l'autoroute. La voiture la rattrapa en marche arrière.

— N'ayez pas peur, bordel, je ne suis que son employeur. Et momentané encore.

Elle s'arrêta.

— C'est à vous la Chrysler ?

— Plus maintenant. Enfin... à condition qu'elle arrive entière.

— Qui vous a dit que j'étais avec lui, les flics ?

Il ricana. Toutes les rides de son visage se mirent à voyager, c'était comme le vieillissement d'une pomme filmé en accéléré. Elle lui trouva l'air gentil, fatigué et terriblement plissé.

— Pensez-vous. Il aura trouvé un moyen de les mettre dans sa poche. Il est très fort pour ça. Non, avant de vous voir sur ce banc je ne faisais que m'en douter. C'est pas pour être désagréable, mais vous avez le profil. Un peu amélioré peut-être. La dernière sentait le gasoil et voyageait avec son mari dans un trente-huit tonnes Mercedes. Ça fait longtemps qu'il est là-dedans ?

— Presque deux heures. Je viens de sortir. Les flics m'ont interrogée avant lui.

— Il ne va pas tarder. Montez, on va lui faire une surprise.

— Vous pensez vraiment qu'il va sortir ?

Il éclata de rire. Un rire si communicatif que la drôle de bagnole en fut toute secouée et qu'elle-même se prit à sourire.

— Pourquoi non ? Parce qu'un cinglé de voleur de voitures lui a tiré dessus ? Vous ne le connaissez pas. Même s'il avait quelque chose à cacher, les flics ne seraient pas foutus de le découvrir. Remarquez, je comprends que vous n'ayez plus envie de voyager avec lui. Attendez-le avec moi, ne serait-ce que pour lui dire au revoir et m'offrir le plaisir de votre compagnie. Allez, soyez pas rancunière, ma petite.

La petite casa ses longues jambes dans la drôle de bagnole et, dès le démarrage, eut l'impression d'être assise directement sur la route.

26

J'ai regardé autour de moi. Une cour grillagée, grise, des voitures bleues et la Chrysler qui rutilait comme si le soleil avait décidé de ne briller que pour elle. Elle était partie, bien sûr. Partie ou bouclée. Comment savoir ? Ce putain de capitaine new-look avait l'air d'en savoir suffisamment sur elle pour pouvoir la coller en garde à vue jusqu'à ce que son sourire ne soit plus qu'une empreinte dans le béton. J'avais vaguement espéré qu'elle m'attendrait, sur ce banc par exemple, à l'ombre de ce laurier poussiéreux. Juste un baiser d'adieu, une de ces étreintes brèves qui laissent croire que les choses auraient pu être différentes si elles étaient autre chose que ce qu'elles sont. Enfin un de ces tout petits machins qui alimentent les rêves et en bâtissent la texture.

J'ai pris la route du centre-ville. Le soleil empéguait la ville dans une châsse de sommeil. J'ai garé la voiture sous un platane en pleine sieste. Les oiseaux eux-mêmes étaient bien trop crevés pour penser à nous chier dessus.

J'ai jamais bien compris pourquoi ce snack s'appelait « La Rose d'Alexandrie », le patron n'avait jamais quitté Brignoles et la serveuse, la même depuis toujours, avait dû naître sur le billard de l'arrière-salle. J'en avais fait mon point de chute dans cette partie du monde. À cause du nom sans doute, à moins que ce ne soit pour le chien de la maison, un berger allemand grisâtre et immuable qui saluait les habitués d'un frémissement de l'oreille droite, le nez posé dans la sciure, les yeux perdus dans son rêve hermétique de chien de bistrot. La bouffe y était dégueulasse mais sans surprise. Une rareté dans cette époque d'innovation culinaire où le moindre des troquets de village vous colle du maïs dans la salade de tomates, des bananes dans la laitue et du kiwi partout. J'ai avalé mon boudin-purée et le discours déprimant de la serveuse sur les vertus toniques de la solitude. Le garage de Max s'obstinait à ne pas répondre. J'avais la tronche comme un champ en jachère.

— Ben dites donc, ça n'a pas l'air d'aller très fort aujourd'hui.

— Ah bon, j'ai fait, ça se voit tant que ça ?

Avec le temps elle avait fini par ressembler à son chien. Peut-être que je commençais à avoir une gueule de camion. Je lui ai souri.

— Vous trouvez pas que je souris comme une bagnole ?

Son rire perturba le rêve du chien. Il se mit à bouger les oreilles comme s'il cherchait à assimiler l'irruption d'une nouveauté essentielle dans son univers.

— Une américaine, peut-être. Comme celle qui est dehors.

— Ouais, justement comme celle-là.

— Je vous ai vu arriver avec. Elle est belle mais je trouve qu'elle ne vous va pas. Je vous préfère en camion.

Elle essuyait sans cesse ses mains sur son tablier avant de relever, du dos de la droite, une mèche qui revenait aussitôt barrer son visage.

— Vous aussi, vous êtes belle.

— Vous êtes si triste que ça? soupira-t-elle. Revenez un autre jour, il me reste juste assez de larmes pour finir le mois.

Elle est partie en éclaboussant de sciure le museau du chien. Il avait l'air d'en avoir l'habitude.

27

« Jolies jambes », pensa-t-elle en voyant la serveuse tourner les talons. En face d'elle, Max livrait un combat sans espoir avec la sauce d'un Big Mac. Elle piqua deux frites, en lécha le sel et les reposa indemnes.

— Vous n'avez pas faim ?

Le Big Mac avait gagné par trois taches à zéro.

— Non. Comment saviez-vous qu'il viendrait ici ?

— Parce que quand il est à Brignoles, c'est là qu'il s'arrête.

— À cause de la serveuse ?

— Ça serait trop simple. Des serveuses, il y en a partout. Mais il n'y a qu'une seule « Rose d'Alexandrie » et qu'un seul chien qui bouge l'oreille droite quand Patrick s'amène. Il est comme ça. Il peut changer de pays tous les jours mais jamais de troquet. C'est sa façon à lui de résister.

— À quoi ?

— Je ne sais pas. À tout.

— À la solitude ?

— Parce que vous croyez que les bistrots sont un remède à la solitude ? Non, il vit comme ça et c'est tout. J'ai fait des dizaines de milliers de kilomètres avec lui et j'ai toujours pas compris. Je ne cherche même plus. Quelque chose me dit que vous feriez bien d'en faire autant.

Elle regardait de l'autre côté de l'avenue. Il avait l'air d'être la seule chose encore vivante dans cette ville endormie, dévastée par la chaleur, désertée par le charroi des touristes depuis que l'autoroute l'avait contournée et qui semblait attendre que l'improbable baiser d'un prince la réveillât. Tout à l'heure le rire de la fille avait coupé l'air chaud. Que lui avait-il dit de si drôle ?

— Vous y croyez vraiment à cette histoire de vol de voiture ?

— Ce que je crois, c'est que vous êtes sacrément douée pour les questions. Qu'est-ce que vous fichiez sur cette autoroute ? Pourquoi attendre ce mec ? Des moustachus solitaires y en a plein les routes. Je suis sûr qu'on peut même en trouver quelques-uns sur lesquels on ne tire jamais.

— Vous êtes jaloux, on dirait.

Il haussa les épaules. Depuis leur rencontre elle se demandait comment un homme aussi petit pouvait avoir l'air aussi massif. Il lui rappelait un chien qu'elle avait eu quand elle était gamine. Une petite boule de poil gris-rose, si vive que, quel que soit le bout par lequel on essayait de la prendre, on finissait toujours par se retrouver face à ses crocs.

— Si vous voulez…

Il avala un peu de son café avant de lui sourire.

— Vous posez beaucoup de questions mais vous préférez les réponses simples. Venez, on s'en va.

28

Je me suis souvenu d'une fille dont j'étais amoureux quand j'étais gosse. Raide dingue j'étais. Elle était grande et brune, ses yeux verts allumaient tout le bahut et moi j'en oubliais de manger ; mais pas de boire. Elle passait son temps à lire des romans américains pleins de héros décalés qui picolaient du matin au soir en regardant le soleil se coucher derrière des volcans mexicains ou sur le Pacifique, quelque part du côté de Big Sur. Alors je m'étais dit que, pour l'avoir, il fallait que je picole autant qu'eux. J'y suis arrivé, mais la fille était déjà partie. Son colonel de père s'est fait muter du côté de Cologne et je suis resté avec ma soif, un début de cirrhose et une collection de bouquins que je feuillette encore chaque fois que je repense à cette drôle de fille qui allumait les mecs mais jamais au point de les regarder vraiment.

J'ai pensé à ça en reprenant l'autoroute. Pas à cause de la fille mais bien pour cette putain de soif qui me reprenait.

J'ai roulé jusqu'au péage d'Aix-en-Provence avec le vague espoir qu'Agathe m'y attendrait. Espoir aussi pitoyable que les freaks attardés qui guettaient un bout de chemin gratos, le ventre masqué par le morceau de carton qui proclamait leur destination. Ils s'enfonçaient lentement dans le bitume chaud, rêvant de voyages, de défonce en vente libre jusqu'à ce qu'un bahut les charge et les crache deux cents bornes plus loin, sur un autre parking d'autoroute.

J'ai roulé jusqu'à Orange. Sitôt passé Aix, le vent m'a pris de travers. Je l'ai laissé faire, jouant à me faire pousser jusqu'à l'extrême bord de la bande d'arrêt d'urgence avant de redresser la voiture d'une pression de la main sur le volant. Je pouvais faire ça pendant des heures en écoutant des conneries à la radio. Quelquefois je chantais à tue-tête en frappant le volant des deux mains. Les gens se marraient en me doublant et moi je braillais encore plus fort, heureux du plaisir gratuit que j'offrais au bon peuple des autoroutes. Aucun n'en parle jamais, mais les pros de la route ont chacun leur manière de traiter le temps. Des rites solitaires qui leur vaudraient la camisole s'ils ne les réservaient aux seuls moments où la cabine vole si haut que le temps et l'espace se confondent et filent dans l'instant.

J'ai passé le péage d'Orange et je me suis garé en face d'une cabine téléphonique. Max n'était pas là mais il avait laissé des instructions me concernant. Les flics de Brignoles l'avaient appelé et il était au courant pour le phare. Non, il n'était pas trop en rogne mais j'avais intérêt à ce que la bagnole soit nickel. Il avait prévenu les gars de Remoulins. Ils avaient un phare. Pas de Chrysler, bien sûr, mais d'une Chevrolet de la même année. Ça devrait coller. J'ai raccroché, soulagé de ne pas avoir eu affaire au gamin oléagineux.

Je connaissais le garage de Remoulins et j'aimais bien l'endroit. C'était une espèce de bidonville qu'on aurait cru conçu par le décorateur de *Mad Max*. Un château fort de carcasses de bagnoles et de camions tenu par trois frères, des triplés gitans, aussi futés qu'illettrés. Ils étaient nés dans une casse et on raconte qu'ils pouvaient réciter par cœur le catalogue de Facom avant de savoir parler. Leur mère vivait avec eux. Elle possédait les secrets d'une cuisine ésotérique qui, sitôt avalée, vous irradiait le ventre aussi puissamment qu'une sucette au plutonium. Les frères Corrar volaient des voitures, mais uniquement par petits bouts : un pare-chocs de Mercedes, un rétro de Ferrari, une culasse de Jaguar, si bien qu'en dix ans leur cathédrale de ferraille était devenue le magasin de pièces détachées le plus chic d'Europe. Officiellement, ils récupéraient, pour le compte de la gendarmerie, toutes les épaves de voitures volées, accidentées, abandonnées qui jonchaient les routes de la région. Ils vivaient dans la rouille sur un matelas de pognon et les flics, pour qui ils étaient aussi indispensables que les vautours pour la voirie africaine, leur foutaient une paix royale.

Je commençais à oublier Agathe. Simple question de prophylaxie personnelle : l'accumulation des désirs avortés finit par se transformer en un cancer de l'âme si l'on n'y prend pas garde. Et puis la perspective de revoir les frères Corrar, de travailler sur la voiture dans un milieu tout entier voué au culte de la bagnologie m'excitait suffisamment pour que j'oublie les désillusions d'une rencontre qui n'avait d'autre fondement que l'idée que je m'en faisais ; un rêve d'avaleur de bitume semblable, sans doute, à ceux que forment les éboueurs qui cherchent dans chacune des poubelles l'éclat d'un diamant jeté par erreur dans les épluchures. L'ennui, c'est que j'avais touché mon diamant, je l'avais presque possédé et que si, pour les juristes, possession vaut titre, l'approche du bonheur ne vaut, pour nous, qu'un titre de plus à se réclamer du malheur.

29

Il y avait quelque chose d'étrange, de surréaliste, dans cette poursuite au ralenti : ces deux voitures conçues pour avaler la route la grignotaient comme si elles cherchaient à s'économiser pour un sprint final si violent qu'aucune d'elles n'était prête à risquer ses bielles dans l'affrontement.

— Vous attendez quoi, au juste ?

— Qu'il s'arrête pour téléphoner.

— À qui ?

— À moi, pardi. Il faut bien qu'il la fasse réparer cette auto.

— Ben, elle marche, non ?

Il sourit comme si c'était la meilleure de l'année.

— Un futal unijambiste vous couvrirait correctement les fesses, non ? N'empêche que vous refuseriez de l'acheter au prix d'un neuf.

— Ah, le phare !

— Eh oui, le phare. J'ai eu un mal de chien à

en trouver un, alors on va changer les deux. Des phares de Chevy. L'autre abruti n'y verra que du feu. Il ne connaît les bagnoles que par ouï-dire. Vous voulez toujours continuer avec lui ?

C'était qui l'abruti ? Patrick ou l'acheteur hypothétique de cette antiquité à roulettes ? L'acheteur, bien sûr. Le vent les frappait par le travers comme s'il cherchait à les projeter dans le fossé pour en finir une dernière fois avec cette histoire idiote. Max anticipait la bourrasque, laissait filer l'auto le long du courant d'air et redressait au dernier moment, traçant une longue courbe invisible qui semblait porter la voiture sans autre force que celle du vent.

— C'est comme en bateau. Vous allez audevant de la risée et, quand elle vous porte, vous laissez filer en reprenant progressivement la direction initiale. Les voiles sont pleines, le bateau prend de la vitesse, la barre se raidit dans vos mains et votre cœur chavire juste assez fort pour qu'on se sente vivre. Je peux jouer à ça pendant des heures. Vous ne m'avez pas répondu.

Comment savoir ? Loin devant eux, la Chrysler tanguait comme un navire de haut bord sur une mer d'ardoise.

— Vous allez le rattraper ?

— Pas la peine. J'ai laissé un message pour lui. L'adresse d'un garage. Si vous voulez, je peux vous y laisser, c'est ça la surprise.

— Et vous ?

— Moi je vais couvrir les arrières de mon capital.

— Vous voulez dire que vous allez le suivre jusqu'à Biarritz ?

Il lui sembla que sa voix se mettait soudain à dérailler. Max la regarda en ricanant.

— Qu'est-ce qu'il y a ? On dirait que ça vous défrise. Rassurez-vous, il n'y a que la voiture qui m'intéresse.

— Arrêtez-moi là.

— Qu'est-ce qui vous prend ?

— Soyez gentil, faites ce que je vous dis. C'est des vacances que je veux. Pas un deuxième rôle dans une série B avec une bande de cinglés qui jouent aux cow-boys sur l'autoroute dans des voitures de musée. Laissez-moi là, s'il vous plaît.

— Comme vous voudrez. Pour tout vous dire j'aime autant ça. Patrick est le mec le plus inflammable que je connaisse et vous m'avez tout l'air d'une allumette grand modèle. Je suis obligé de passer par le péage d'Orange pour prendre l'autoroute du Sud-Ouest. Je vous y laisserai. Ça colle ?

Elle acquiesça. Loin devant, la Chrysler roulait des hanches. Du bout des doigts elle lui fit un signe d'adieu.

30

Bien entendu, je n'ai pas cessé de penser à elle. J'ai pianoté sur les touches de l'autoradio, caressé l'espace qu'elle avait occupé et j'ai fini par avaler trois cachets de Fringanor en regrettant de ne pas avoir d'alcool pour les faire passer. J'en ai profité pour regretter aussi d'avoir arrêté de boire. Une idée de ma mère. Elle ne supportait pas les ivrognes et en avait épousé quatre. Elle n'aimait pas non plus les gosses et m'avait offert une somptueuse scolarité dans tout ce que le Sud-Est comptait de pensions catholiques. Sans doute une façon de se venger des curés qu'elle détestait cordialement. Je n'ai jamais vraiment compris ce qu'elle aimait. Peut-être me dissuader de faire les rares choses qui me faisaient envie… C'est comme ça que je me suis retrouvé à conduire des camions et à picoler tout ce qui fermentait dans le vaste monde. Elle détestait ça mais j'étais bien trop loin pour pouvoir l'entendre. Elle a fini par claquer d'une cirrhose sans avoir jamais approché un verre de gnôle. Juste avant, elle m'avait arraché une promesse de sobriété éternelle. Je me suis dit qu'il était peut-être temps de mettre un terme à l'éternité.

Je suis sorti au péage de Remoulins et j'ai fait cinq cents mètres à droite en direction d'Avignon. Rosie poireautait dans sa voiture en bouquinant le dictionnaire. Rosie était antillaise et possédait la plus belle paire de fesses qui ait jamais orné le haut des cuisses d'une fille à routiers. Pendant que j'engageais la Chrysler dans le petit chemin qui desservait les vignes, elle me confia qu'elle avait abandonné le Larousse pour le Petit Robert, «plus complet et plein de phrases rigolotes avec le nom de ceux qui les avaient écrites». Je fus d'une mollesse remarquable. Rosie ne s'en offusqua pas et m'offrit en guise de consolation une phrase de Roger Martin du Gard qu'elle avait trouvée à la rubrique «Bander» : «Chaque fois que le ressort commençait à être bien bandé, crac, il échappait au cran d'arrêt.»

— Je me demande s'il était du coin, me dit-elle en me quittant.

31

Elle regardait passer les voitures et les trouvait toutes fades. Son pouce pendait vers le sol comme pour la condamnation d'un gladiateur. Paralysie du pouce droit, gênant pour faire du stop… Autour d'elle, les moteurs faisaient des bruits de gros insectes essoufflés dans la fournaise. Comment annule-t-on une évasion ? « Pardonnez-moi, monsieur le directeur, mais mon ami Bruno Tanzi ne peut vous fausser compagnie ; je n'ai ni les moyens ni l'envie de l'y aider. » La cabine téléphonique semblait lui faire de l'œil. C'était de là que Spartacus avait appelé tout à l'heure pendant que Max et elle attendaient en haut de la bretelle d'accès. Peut-être que le combiné avait conservé l'adresse du garage, comme une empreinte dans la cire ou un écho dans la carcasse d'alu et de verre. Elle l'avait vu repartir sur la route de Narbonne, dans sa superbe auto et l'évocation de la chanson ne l'avait pas fait rire. Pas plus que le commentaire ironique de Max sur le départ du « Spartacus du bitume ». Pourtant, en y repensant, elle ne pouvait s'empêcher de trouver la comparaison judicieuse. C'était cette terreur de l'esclavage qui incitait ce genre de types à aliéner leur liberté au nom de l'idée qu'il s'en faisaient.

Mais ça ne fait rien, tout est bien.

Je reprends la route demain.

Foutaises romantiques ! Elle y était, sur la route, et le goudron lui collait aux escarpins pendant que le soleil lui tartinait des brûlures sur les joues et que le vent empéguait ses cheveux.

— Hé ! Si c'est du stop que vous faites, faudrait y mettre un peu plus de conviction. Vous allez où ?

Un Indien navajo, à moins que ce ne soit un Apache. Non, les Indiens ne portent pas de moustaches. Pourtant, avec sa gueule marron foncé, ses cheveux longs et luisants retenus par un bandeau noir et son pick-up pourri il avait l'air de sortir d'une des réserves du Nouveau-Mexique qu'elle avait traversées, il y a quelques années, quand Bruno s'amusait encore du spectacle du monde.

— Nulle part.

— Alors vous êtes arrivée. Si j'étais vous j'établirais mon camp tout de suite parce que même si vous échappez à l'été, l'hiver ne vous loupera pas.

Elle lui rendit son sourire.

— Qu'est-ce que vous proposez ?

— Remoulins, la capitale de la cerise. C'est pas bien loin mais c'est ailleurs. Ça vous tente ?

Elle jeta un coup d'œil à l'intérieur du pick-up. Ça ressemblait à une sculpture d'Arman en gestation. La crasse en plus.

— Là-dedans ?

Son petit air triomphant l'amusa. Il était plutôt beau gosse. Gitan sans doute. Trop macho pour s'abaisser à prendre de force ce qu'il obtenait, la plupart du temps, sans difficulté.

— Vous me prenez pour qui ? sourit-il. Je sais reconnaître une robe en soie.

Il descendit et se mit à transférer sa quincaillerie de la cabine au plateau. De sous son siège il sortit une couverture enveloppée dans un sac en plastique et l'étendit à la place du passager.

— Pure cachemire, emballage d'origine. Je ne suis même pas sûr que son ancien proprio ait eu le temps de s'en servir. Elle n'attendait que vous.

Il lui tint la porte pendant qu'elle grimpait en découvrant ses cuisses. Il restait quelques morceaux de ferraille dont une paire de phares chromés posés soigneusement sur un linge blanc.

— On dirait des phares à main de Chrysler, sourit-elle. Un modèle ancien… Années 40, non ?

Un peu estomaqué le beau Gitan. Au bord du fou rire, elle saisit un des phares, l'examina avec soin et le reposa.

— Chevy, rectifia-t-elle avec une petite moue déçue. Je parle toujours trop vite. Ça m'apprendra à vouloir frimer. On y va ?

32

J'avais rencontré José, l'aîné des Corrar, sur le tournage d'un film. Sa petite amie de l'époque s'occupait de casting et lui avait dégotté un rôle de méchant Gitan dans un polard crado tendance néo. C'était il y a une dizaine d'années et sa gueule de guérillero mexicain faisait fureur chez les nanas de l'équipe; elles rêvaient toutes de s'exhiber dans les bistrots d'Alès au bras de Pancho Villa. Moi, je mettais des bagnoles sur le toit, je sautais dans la flotte vêtu d'un trente-huit tonnes et je ramassais les miettes des festins érotiques de la star. De quoi rendre un mec normal heureux.

Quand on en avait marre des gens du cinoche, on filait jusqu'au garage dans sa vieille Thunderbird et on picolait toute la nuit avec ses frères en se racontant des histoires de voitures, de flics semés sur des routes de campagne et de soirées un peu moites où l'alcool et le dépaysement vous laissent entrevoir ce que le monde cache dans ses replis. Je l'appelais mon pote le Gitan et il plaquait sur la guitare de son père des accords de flamenco à faire hurler de rire un touriste hollandais. Plus tard, après qu'il eut définitivement compris que les films sur la révolution mexicaine étaient un créneau par trop étroit dans la production cinématographique française, je l'ai branché sur le réseau des bricoleurs de voitures de collection. Petit marché qu'il développa rapidement grâce à sa manière, très organisée, de faire tourner les stocks.

Il avait grossi et semblait avoir remisé sa savonnette dans le même placard que ses ambitions artistiques. Assis sur un tas de pneus, il m'a regardé garer la Chrysler entre deux tas de rouille.

— On n'en voit plus beaucoup des comme ça, il a fait.

De sa période de macho starifié, il avait gardé l'habitude de mâcher un cigarillo éteint et d'en cracher le jus à dix centimètres des godasses des gens qu'il voulait honorer. Il disait que le jour où il manquerait son coup il prendrait une pêche dans la gueule et qu'il la garderait pour lui, vu qu'il serait trop vieux pour la rendre. Le mollard brun s'écrasa dans la poussière à la distance requise.

— Ose me dire que tu en as déjà vu une seule, vieux frimeur. T'as même pas été foutu de me trouver des phares d'origine.

— Hyacinthe arrive. Il a trouvé une Chevrolet

superbe du côté du Lubéron. C'est plein de rupins dans ce coin-là.

Il m'a embrassé. C'était comme si j'avais fait un câlin à un vieux carter de G.M.C.

— T'as mangé ? La vieille t'a gardé une part de lapin.

La dernière fois c'était de la daube. À part les os je n'ai trouvé aucune différence notable. La mère Corrar avait dû trouver une recette de piment qu'elle accommodait depuis en variant les ingrédients. Avec le temps elle ressemblait de plus en plus à Géronimo ; son nez et sa bouche tendaient à se rejoindre, enfermant sa bouche dans une demi-parenthèse pileuse.

— Moi, je le trouve un peu pâlot, s'inquiéta-t-elle. Donne-lui de la gnôle, Josito.

La gnôle, c'était le rayon de José. Il la distillait dans le fond du garage en prenant pour base tout ce que les maraîchers du coin n'avaient pas pu vendre. Je me souvenais d'un nectar de tomate et d'abricot qui aurait pu faire fondre les carbus d'un dragster.

— Cette fois je sèche, j'ai fait en m'essuyant les yeux. On dirait du bouillon Knorr speedé au méthanol.

— Il y a de ça, admit-il. Carottes et choux de Bruxelles. Le parfum c'est le céleri. Depuis un an je travaille les légumes, c'est moins cher et ça change un peu.

— Bois, mon gamin, chantonna la vieille.

C'est bon pour ce que t'as. Pense pas aux femmes, mon petit. La meilleure ne vaut rien.

Elle était comme ça, la mère Corrar. Quand elle se mettait à vous lire l'intime, c'était pas la peine d'essayer de nier. Ses fils continuaient à lui mentir de temps en temps, juste histoire de tester la validité de l'ancêtre et de repartir giflés mais rassurés.

Je me suis assoupi dans cet univers de ferraille, lesté au piment, défoncé aux petits légumes et veillé par le dernier avatar d'un chef apache.

33

— En principe, je ramène jamais de nanas à la maison. Ma vieille peut pas les encadrer et mon frère aîné se prend pour Marlon Brando. Depuis qu'il a fait du cinoche il saute sur tout ce qui bouge. C'est pas des conneries, il a vraiment été acteur. Enfin, un petit peu, mais il en a profité un max. Bon, c'est vrai que maintenant il est gros et crade mais si vous aviez vu le mec avant.

— Et votre mère ? le coupa-t-elle.

Depuis qu'elle était montée il n'avait cessé de l'envelopper d'un réseau serré de regards tendres et de paroles. Comme un chasseur de tourterelles, il essayait de la prendre au filet. Elle y prenait un plaisir juvénile d'autant plus aigu qu'il s'y mêlait une pointe de mauvaise conscience. Il n'avait posé aucune question sur les origines de sa science bagnologique mais la tonalité de son admiration s'était modifiée subitement. Elle n'était plus une simple occase ramassée sur le bord d'une route mais un des membres, féminin contre toute attente, d'une tribu dont les totems avaient généralement les cylindres en V et un double arbre à cames en tête.

— Ma mère ? Vous croyez à la réincarnation ?

— Ça dépend des jours.

— Alors aujourd'hui vous allez y croire. L'âme de ma mère est si vieille qu'on croirait qu'elle était là quand on a fabriqué le monde. Rigolez pas, attendez de voir. C'est toujours d'accord ? Vous venez, hein ?

Bien sûr qu'elle y allait. Pas pour cette mère originelle ni pour l'ex-acteur érotomane, encore moins pour ce séduisant gamin qui conduisait son pick-up avec la même élégance que tous ceux qui l'avaient trimbalée depuis ce matin, mais à qui il manquait cette patine qui fait toute la différence. C'était pour les phares qu'elle y allait. Depuis qu'elle les avait vus sur la banquette elle avait cessé de croire au hasard.

— Je prendrais bien un peu de musique. Vous avez ça dans votre quincaillerie ambulante ?

— J'ai que du rock, s'excusa-t-il.

— C'est ce qui va le mieux avec les autoroutes.

Pauvre gosse. Il était pris comme un merle dans la glu. Femme, bagnole et rock'n'roll ; de quoi lui faire croire qu'un symposium de fées l'avait élu mec du jour. Elle reconnut l'intro de

« Rock'n'roll Animal » : deux guitares qui miaulent en écho et la voix de Lou Reed qui vient se percher comme un trait d'union sur la ligne mélodique. Un des morceaux favoris de Bruno.

34

Je me suis réveillé avec un goût de carriole des quatre-saisons dans la bouche. Manifestement, les légumes, le piment et le speed venaient de faire leur jonction. J'avais la tronche comme une valise en désordre et le bide de José comme horizon. De quoi se demander si le Grand Architecte savait exactement ce qu'il faisait quand il a ouvert sa boîte à outils pour la première fois.

Dans la cour un 4/4 jouait les panzers.

— C'est le Dodge de Hyacinthe. On va pouvoir poser les phares.

— Et la carrosserie ?

— Tonino l'a redressée et mastiquée pendant que tu dormais. J'ai juste un problème pour la peinture. J' trouve pas le rouge. J'y retourne.

Je suis resté sur le dos jusqu'à ce que mama Corrar se pointe avec un broc de café. Elle avait l'air en rogne.

— Qu'est-ce qu'il y a, mama ? On dirait que quelqu'un vient de vous piquer votre soupe.

— Ma soupe, je la donne à qui je veux. Bois pendant que c'est chaud, chico.

Je me suis brûlé consciencieusement les lèvres pendant que la vieille marmottait des imprécations contre les femmes qui se plantaient sur le bord des routes dans le seul but d'appâter les jeunes gens de bonne famille. Des salopes sans pudeur qui feraient mieux de se mettre honnêtement en carte au lieu de braconner en plein jour.

— José vous a encore ramené une actrice, j'ai rigolé.

— Il s'agit bien de José… Ça fait longtemps qu'il a compris, celui-là. Ses putes, on ne les voit plus. De toute façon, avec ce qu'il picole il n'a plus le temps que de pisser. Excuse-moi, chico, voilà que je parle comme elles maintenant. Non, c'est Hyacinthe qui me tire souci. On l'envoie chercher des pièces et il ramène une traînée en robe de soie. Plus vieille que lui en plus.

— Et les pièces ? j'ai fait, vaguement inquiet.

— Elles sont à l'atelier. T'as déjà vu un Corrar manquer de parole, chico ? Tu veux me faire plaisir, chiquito ?

Elle m'a resservi du café en minaudant. On aurait dit un travelo mescalero atteint par la limite d'âge.

— Non, mama, j'ai fait, je ne repartirai pas avec la fille. J'ai pas la place.

J'ai eu droit à une plongée dans sa cavité buccale. Un vrai cauchemar de dentiste.

— T'es un vrai macho, toi. Sûr que j'aurais pu te fabriquer avec le vieux Corrar. P' têt bien que c'est lui qui t'a fait, après tout. Il en a culbuté quelques-unes, des femmes gadjé. Et pas qu'avant le mariage…

Elle a un peu fourgonné dans son univers de ferraille avant de me laisser. J'ai essayé d'imaginer ma mère se faisant sauter à l'arrière d'une américaine déglinguée par un manouche en chemise à pois au son d'un flamenco bien déchirant.

Ça ne collait pas.

35

— Here we are…

Il rayonnait de plaisir, elle cherchait la Chrysler.

— C'est de l'anglais, expliqua-t-il. Ça veut dire qu'on est arrivé. Comment trouvez-vous les établissements Corrar ?

Le mur d'enceinte était fait de carcasses de camions et de voitures empilées sur une hauteur de trois mètres. La rouille avait recouvert uniformément la ferraille, donnant au mur une teinte ocre en parfaite harmonie avec les couleurs de la terre et des vignes environnantes. Deux bâtiments faits de poutrelles et de plaques de tôle occupaient le centre du terrain. Aux rideaux délavés, elle identifia celui de droite comme étant l'habitation de la famille Corrar. L'entrée de l'autre était masquée par des épaves d'automobiles désossées. Le soleil figeait l'ensemble dans un silence intemporel. Elle pensa aux pyramides, à Coney Island, à tous ces lieux qui résistaient au temps en lui opposant l'éternité fatiguée de la matière.

— Où est la voiture ? demanda-t-elle.

— Quelle voiture ?

— Celle qui va avec les phares, pardi.

— Dans l'atelier, sans doute. Voilà ma mère.

La vieille qui sortit sous la véranda au toit de tôle ondulée tenait une canne de frêne. Elle s'approcha du Dodge, examina le plateau puis l'intérieur de la cabine. Ses cheveux gris étaient maintenus par un bandeau vaguement rouge ; elle portait une robe noire que rehaussaient une chaîne d'or et sa croix.

— Qu'est-ce qu'elle fait dans ton camion, Hyacintho ?

Elle n'avait plus de dents et, chaque fois qu'elle parlait, la pointe de son menton flirtait avec le bout de son nez.

— Je m'appelle Agathe, madame. Votre fils a eu la gentillesse de me prendre en stop au péage d'Orange.

— Réponds-moi, Hyacintho.

— C'est comme elle a dit, m'man. Sauf qu'elle connaît les bagnoles aussi bien que nous.

— Et moi je connais les femmes bien mieux que toi. File à l'atelier. Tes frères t'attendent.

Elle est repartie vers la véranda portant sa canne comme un fusil.

— J' vous avais dit que c'était quelqu'un. Son âme est aussi vieille que le monde.

— Le granit aussi. Ça ne m'empêche pas de porter de la soie.

Le vent se levait. Des petits tourbillons de poussière jaillissaient de la terre sèche. Il avait l'air infiniment triste. Elle posa sa main sur son bras.

— Je crois que vos frères vous attendent, sourit-elle.

Il enclencha la marche arrière et, d'un seul mouvement, inséra le Dodge entre deux rangées de fantômes. Il descendit, contourna le pick-up et lui tint la porte. Elle ne fit rien pour protéger sa robe des indiscrétions du vent.

L'atelier était sombre. Une rampe de néons y dessinait un rectangle de lumière crue comme pour encadrer une table de billard. Au centre, le rouge sombre de la Chrysler semblait emmagasiner la faible clarté du lieu comme si elle cherchait à recharger une mystérieuse puissance interne. C'était comme si elle la voyait pour la première fois ; non plus comme une bizarrerie ambulante, un bibelot de luxe pour collectionneur monomaniaque, mais bien comme un objet de passion, une manifestation industrielle du désir d'éternité. Elle demeura dans la zone d'ombre pendant que Hyacinthe déposait sur l'établi les phares emmaillotés de linge blanc. Un mastard moustachu qui aurait pu servir de doublure bedonnante à John Berry les examina dans la lumière pendant que Hyacinthe et un petit noiraud qui ressemblait aux deux autres comme un pruneau à une reine-claude attendaient anxieusement son verdict.

— Ça ira, lâcha le mastard. Ça manque un peu de rondeur mais ça ira. Monte-les, Tonino. Bien joué, Hyacintho. T'as ramené que ça ?

— J'ai piqué le rétro et les deux plaques. Superbagnole. Entièrement d'origine. Faudrait retourner prendre les pare-chocs avant que le mec remonte sur Paris. Je voudrais aussi vous présenter quelqu'un…

Sa voix était montée d'une octave. Pas facile d'introduire une femme dans un lieu cornaqué par une mama multiséculaire. Elle décida de lui venir en aide.

— Bonjour. Je m'appelle Agathe. Sans votre frère je serais encore en train de rôtir sur le péage d'Orange. Une pierre cueillie par une fleur si vous préférez.

Elle entra dans le rectangle de lumière, jouant à être belle comme elle avait joué, si longtemps, à être triste. Le mastard rentrait le ventre, le pruneau faisait des pointes. Hyacinthe accrochait les nuages avec ses dents et Patrick n'était pas là.

36

Max n'était pas au garage. Une secrétaire à la voix brumeuse m'indiqua qu'il s'était absenté « pour affaires » et qu'on ne pouvait le joindre. Quelque chose me disait que ses affaires n'étaient pas étrangères aux miennes. Le coup de fil du flic de Brignoles avait dû le secouer salement et il n'était pas du genre à se faire secouer sans réagir. Je me suis demandé si le flic lui avait parlé de la fille. Dans l'affirmative, ma cote d'amour devait ressembler à un kleenex d'occasion et j'avais intérêt à livrer cette foutue voiture à temps si je ne voulais pas finir dans les statistiques de l'A.N.P.E.

Le vent s'était levé, chassant vers l'est de minuscules tourbillons de terre sèche. Le camp des Corrar ressemblait à un décor de guerre civile. Mon humeur aussi. Même si José avait trouvé la couleur, j'étais bon pour passer la nuit ici. En clair, ça signifiait un long prélude au pastis dans les bistrots de Remoulins, un rata piment-gnôle maraîchère et, au matin, une tronche aussi ligneuse qu'un baobab.

Je me suis traîné jusqu'à l'atelier. Le vent chaud rebondissait sur les tôles, s'engouffrait le long des poutrelles d'acier, laissant derrière lui un long gémissement de ferraille indignée. J'avais envie de bière.

La Chrysler brillait sombrement dans un rectangle de lumière. Au garde-à-vous, les trois Corrar mataient Agathe, du vague à l'âme plein les mirettes. Elle était appuyée contre la carrosserie et sa robe de soie semblait avoir été conçue dans le seul espoir de cette rencontre. Trop c'est trop, et l'âme la plus blindée a parfois besoin du secours d'un fût d'huile. Je me suis assis sur le moins sale, vidé comme un coffiot après le départ d'un monte-en-l'air.

— Et c'est pas tout les mecs, pérorait Hyacinthe. Cette nana est capable de reconnaître un phare à main de Chrysler 47. Comme je vous l' dis.

D'où sortait-elle, bon Dieu ? Une vilaine parano commençait à submerger ma tendresse. « Mauvaise limonade », aurait dit Tom en bouclant son sac, « quand une nana commence à te coller c'est que t'as mis le pied gauche dans la merde ». J'étais pas toujours d'accord avec les aphorismes misogynes de Tom mais quand on lâche une fille à la gendarmerie de Brignoles et qu'on la retrouve dans une casse confidentielle de Remoulins on peut, quand même, se laisser aller à quelques interprétations malveillantes.

— Ah ouais, grogna José. Demande-lui donc de nous parler de cette bagnole.

Raide d'amour, Hyacinthe la bouffait du regard, les yeux en vrille comme pour lui injecter la réponse directement dans la cervelle. À supposer qu'il la connaisse. C'était sûrement lui qui l'avait ramassée. Il en portait les stigmates, le con.

— Chrysler 1947. Modèle Town and country. Huit cylindres et 5 299 centimètres cubes, sourit-elle. Un peu dommage de monter des phares de Chevy sur ce bijou mais je suppose que vous n'avez rien d'autre.

Tonino s'était mis à mâchonner distraitement sa clé de douze et Hyacinthe était monté directement au paradis des élus.

— La laissez pas sortir d'ici, ricana José. Je vais chercher Patrick.

J'ai eu un peu de mal à me désolidariser du fût.

— Pas la peine. Je suis là.

Elle m'a regardé et ma parano a pris la consistance d'un rahat-loukoum oublié au soleil.

37

« Joint de culasse... » Elle sourit intérieurement. Et s'ils allaient lui demander ce qu'elle savait de ce concept mystérieux si souvent à l'origine de hochements de tête désabusés quand la voiture, immobilisée sur le bord d'une route, dévoile impudiquement ses charmes ésotériques aux regards impuissants des hommes qui cherchent dans l'évocation magique de n'importe quel diagnostic à rationaliser cette rupture soudaine de l'harmonie. Un joint de culasse ça pète, principalement sur les Jaguar et, de préférence, loin de tout secours. « J'ai encore pété le joint de culasse », disait son père puis, plus tard, Bruno en contemplant suspicieusement le reste du monde comme s'il était à l'origine de la malédiction.

Elle fut reconnaissante à José de briser le cours de la comédie et de faire apparaître Patrick. Il frottait le fond de son pantalon et son regard semblait hésiter entre le granit et le bonbon anglais.

— Qu'est-ce qu'elle fout là ? grogna l'aîné de la tribu. Tu la connais ?

— Oui. Occupe-toi de la voiture.

Hyacinthe descendait doucement de son nuage. Elle évita son regard.

— C'est à cause d'elle qu'on t'a tiré dessus, non ? Max dit qu'il y avait une gonzesse avec toi.

— Max t'a demandé de réparer cette putain de voiture, José. Pas de te mêler de mes affaires. Elle est avec moi. Ça devrait te suffire.

Elle se laissa tirer hors de l'atelier. Le vent avait forci, il soulevait sa robe et offrait ses cuisses aux morsures de la poussière.

— Vous êtes fâché ?

— Non. Enfin pas autant que je le devrais. Comment avez-vous fait cette fois ?

— Hyacinthe m'a prise en stop et j'ai vu les phares. J'ai voulu voir jusqu'où pouvait aller le hasard. C'est tout.

— Il vous a ramassée à Brignoles ?

— Non. Un camion m'avait laissée au péage d'Orange.

Elle ne savait pas trop pourquoi elle mentait. Sans doute une manière d'exorciser la peur que lui inspirait la présence invisible de Max, de résister à cet effondrement intérieur qui avait suivi la joie brève de ses retrouvailles avec Patrick.

— Je suis désolée.

Elle l'était vraiment. Comme elle ne l'avait jamais été de toute sa vie. Désolée de l'avoir suivi, de lui mentir et d'être incapable de le laisser partir à nouveau.

— Ça doit pas vous arriver souvent. Qu'est-ce qui s'est passé avec Hyacinthe ?

— Rien. Il m'a raconté sa vie en lorgnant mes cuisses et je l'ai laissé faire.

— Et vous n'avez rien fait pour l'empêcher de rêver. Ce gosse est raide dingue de vous.

« Et vous ? » faillit-elle lui demander avant qu'un reste de pudeur ne la fît rougir.

— Où sont vos affaires ?

— Dans la camionnette.

— Prenez-les et restez ici. Tâchez de vous confondre avec le paysage pour une fois.

38

Je me faisais l'effet de postuler le titre de reine des pommes et d'attaquer, en tête, la dernière ligne droite. Cette nana mentait si joliment qu'on ne pouvait s'empêcher de lui donner raison. Après tout, peut-être était-ce ma modestie paranoïde qui m'incitait à douter des rares femmes qui me trouvaient quelque charme et que j'étais mûr pour rejoindre les rangs des quadragénaires qui investissent leurs gains sur les divans des jivaros à cinq cents balles la séance ; le dernier stade avant l'ablation de la prostate et les cures thermales pour rhumatisants. Peut-être aussi que, menteuse ou non, ma décision était prise avant même que je n'aie à me poser la question.

Manifestement, les Corrar avaient entamé une grève sur le tas. Ils étaient assis autour de la Chrysler et m'attendaient avec la détermination farouche des Sioux de Wounded Knee.

— Qu'est-ce qui cloche, les gars ? j'ai fait en arborant un sourire de marchand de tapis. C'est quand même pas la première fois qu'une nana débarque dans votre usine.

— Si.

Ce fut la vieille qui répondit. Dans le noir, appuyée contre une pile de pneus, elle avait tout d'un caméléon en costume de deuil. Je me suis dit qu'avec elle dans le décor la conversation n'allait pas tarder à basculer dans l'imprécatoire.

J'avais sacrément raison.

39

La Chrysler surgit en marche arrière à travers les feuilles de matière plastique qui masquaient l'entrée du garage. Le trou avait disparu mais une vilaine tache d'antirouille le remplaçait et le phare manquait toujours. « On dirait un début de vérole », se dit-elle en ramassant son sac.

— Montez.

Ils passèrent les remparts de rouille dans un tourbillon de poussière ocre ; l'auto tangua faiblement sur les cailloux du chemin jusqu'à l'asphalte. Le vent tombait avec le soleil et c'était comme s'il se retirait, nonchalant, abandonnant une ultime couche de vernis sur l'air et les feuilles. Elle cala son dos contre le dossier et laissa le bonheur l'envahir ; un sentiment vaguement humide qui vint mourir sous ses paupières et que le vent sécha instantanément. « Je suis bien », soupira-t-elle en s'obligeant à ne regarder que l'angle gris et vert que la Chrysler taillait devant elle.

À quinze ans elle était partie pour Biarritz avec

son père et sa mère. Ils s'étaient installés dans une villa basque aménagée en hôtel quelque part entre Biarritz et Saint-Jean-de-Luz. Pendant que son père s'absentait toute la journée pour traiter de mystérieuses affaires, sa mère et elle s'allongeaient sur les transats à rayures à l'abri des profondes vérandas qui laissaient passer un ciel parcimonieux entre les grappes de fleurs violettes et les feuilles vernissées par la rosée. Elle lisait des histoires d'hommes et de destins contrariés et le vent retroussait sa jupe pour le plaisir du fils des patrons embusqué dans les fourrés de buis qui cernaient sa retraite. Jamais il ne lui adressa la parole mais elle prit l'habitude de se découvrir de plus en plus, guettant le frémissement des fourrés et le sommeil précaire de sa mère. Le dernier jour elle descendit de sa chambre sans sous-vêtements mais le garçon était parti. Elle pleura silencieusement, le ventre offert à l'air moite et aux buissons immobiles.

— Ils n'ont pas réparé la voiture, dit-elle bêtement.

— Non. Et vous ne passerez pas la nuit dans le lit de Hyacinthe.

— C'était ça le deal ?

— En gros. Ils m'ont quand même donné les phares.

— Plutôt dur, non ?

— Pas tellement. On ne peut pas imposer à n'importe qui la présence d'une fille aussi douée que vous pour inventer les emmerdements. Comment vous êtes-vous débarrassée des flics ?

— Comme vous, je suppose. Il se trouve que je suis passée en dernier et que vous avez préféré ne pas m'attendre.

— Pour ce que ça a servi…

La voiture traversait une ville basse et moche coupée en deux par la nationale. Aux terrasses les gens la regardaient violemment. Elle avait l'impression d'être une star d'Hollywood frimant dans les bas quartiers de L.A.

— Vous êtes toujours persuadé que c'est à moi que la voiture noire en voulait ?

— J'en sais rien. Je ne sais même pas jusqu'à quel point vous mentez.

La voiture franchissait le pont qui délimitait la ville. Sur la droite, un panneau indiquait la direction du pont du Gard. Elle se souvint du livre d'histoire de la communale. Le pont y figurait comme l'une des réalisations les plus remarquables de la période gallo-romaine. Elle lui demanda de s'y arrêter et détesta le ton de petite fille qu'elle prit pour le faire.

40

On a dégusté les dentelles ocre du pont du Gard jusqu'à ce que le soleil nous fasse défaut. Agathe parlait de sa fascination pour l'histoire et ses traces, moi j'avais encore dans les oreilles les prophéties colorées de Ma Corrar. À l'en croire, je m'étais maqué avec une des formes les plus pernicieuses du démon, et mes chances de survie étaient à peu près égales à celles d'un escargot tentant la traversée de l'autoroute du Sud un jour de grand départ. Agathe riait, sur le parking désert la Chrysler ressemblait à une courtisane au premier stade de la vérole, et moi je barbotais dans le bonheur niais de nos retrouvailles.

Bien plus que d'un carrossier c'était d'un exorciste dont j'avais besoin.

Du lit de la rivière montaient des rires et des bruits d'eau. J'ai couru jusqu'à la voiture et j'ai ouvert le capot. J'ai enlevé la tête du delco et je l'ai fourrée dans une poche de mon blouson. J'ai mis le 38 dans l'autre et je suis revenu vers Agathe.

— Venez, j'ai fait.

On s'est enfoncés dans le sous-bois qui surplombe la rivière. Une bande de gamins nous a croisés en ricanant. Ils sortaient de l'eau et frissonnaient encore sous leurs vêtements humides. J'ai retrouvé le grand châtaignier et l'éboulis que ses racines avaient provoqué. Nous nous sommes laissés glisser jusqu'à la plage et, sans la regarder, je me suis déshabillé. J'aurais voulu courir vers l'eau et la fendre d'un plongeon décisif mais je me mis à tituber sur les cailloux de la grève, conscient de la blancheur maladroite de mon corps et du ballottement excessif d'un désir en pleine expansion. Son rire m'atteignit à l'instant où je touchais l'eau. J'ai nagé vers l'autre rive, guettant les bruits humides de son corps, m'obligeant à ne pas me retourner pour retarder le moment de la voir nue. Malgré le froid mon érection avait pris l'aspect définitif d'une quille de navire fichée dans l'eau comme un tenon dans sa mortaise.

— Vous pouvez vous retourner, lança-t-elle.

Elle n'avait ôté que ses chaussures et se tenait au bord de l'eau, mon flingue dans une main, la tête du delco dans l'autre.

De quillard je devins dériveur.

— Ne bougez pas, sourit-elle. Vous êtes superbe en Tarzan ahuri. J'aimerais juste savoir une chose : de quoi vous sentez-vous le plus coupable ? Excès de confiance ou manque de prudence ?

Le courant m'obligeait à pédaler sur place comme un cycliste de salle de bains. J'avais froid, ma dignité et ma virilité se rejoignaient dans la même débâcle. J'accentuai mon pédalage en direction d'une souche. Elle tenait mon flingue à bout de bras, légèrement relevé, prêt au tir instinctif. Comme quelqu'un qui sait s'en servir et qui tient à ce que ça se sache. Elle n'attendait que le bon moment et je le lui avais servi sur un plateau. Brillante alternative : mourir d'une balle au milieu du Gardon ou expliquer à Max comment je m'étais fait piquer sa bagnole. Seule consolation, le jeunot huileux risquait bien d'en crever de rire. J'ai fini par accrocher la souche avant que ma jambe droite ne soit complètement immobilisée par une crampe. Je lui ai souri en essayant de récupérer un peu de mon souffle, les pieds calés contre un rocher, prêt à me propulser entre deux eaux dans le courant, histoire de lui rendre le carton moins facile.

— Alors ? Confiance ou imprudence ?

— Imprudence, sans aucun doute. N'importe qui aurait pu me faire le même coup si vous aviez commis la même erreur que moi.

Elle éclata de rire et me braqua en pleine tête.

— Faux-jeton !

Pris de vitesse je restai collé à ma souche, incapable de comprendre ce qu'elle trouvait de si drôle à me tuer.

— Faux-jeton ! Vous êtes maintenant persuadé que je suis en train de vous piquer votre tacot alors que, tout à l'heure, vous étiez si pressé de me fourrer nue dans le lit de votre rivière que vous avez abandonné votre pétard et ce machin que je serais bien en peine de remettre à sa place. Votre confiance est tout à fait relative, mais pas votre imprudence. Exact, monsieur Macadam Cow-Boy ?

J'avais la chiasse et des crampes jusque dans des endroits dont j'ignorais l'existence. Elle continuait à se gondoler mais le flingue regardait ailleurs. Et puis elle a commencé à se déshabiller. Le souffle coupé, je l'ai regardée rassembler mes affaires et les siennes dans mon blouson, en nouer les manches, fixer le tout sur sa tête avec la ceinture de mon pantalon et nager vers moi.

Je me suis dit qu'à l'avenir je devrais fuir les exorcistes et me trouver un philtre. Un putain de philtre en acier qui l'empêcherait de se barrer pour les trois mille années à venir.

41

À chaque brasse, l'échafaudage menaçait de glisser à la baille. Elle s'obligeait à garder la bouche ouverte pour maintenir la tension de la ceinture, persuadée que ça lui donnait l'air idiot d'une carpe singeant une grenouille. De plus elle détestait l'eau froide, et la simple évocation des bestioles qui pullulaient dans ces eaux glauques lui donnait l'impression de nager au beau milieu d'un tableau de Jérôme Bosch ; rien de bien important en regard du plaisir de mener son coup de frime au terme. Elle avait agi d'instinct, comme une gamine incapable de laisser passer une bonne blague quand on la lui offre sur un plateau et maintenant, à le voir immobile sur sa souche reprenant son souffle et ses esprits tout à l'heure perturbés par la terreur, elle se demandait si elle n'avait pas poussé le bouchon un peu loin. Il avait vraiment cru qu'elle allait tirer, au point qu'elle avait failli le faire, emportée par le poids de l'arme et cet enchaînement d'actes automatiques que Bruno lui avait appris quand il l'entraînait à l'autodéfense dans les déserts du haut Var. « Tu lèves ton bras d'un seul mouvement et tu tires dès que la cible apparaît derrière le guidon… »

— Qui vous a appris à tenir un flingue ?

Le souffle était encore un peu court mais la voix était ferme. Elle se laissa dériver et accrocha la souche sans qu'il ait fait le moindre geste pour l'aider.

— Débarrassez-moi de ce truc avant que je le foute à l'eau.

Le courant la plaqua contre lui. Elle s'accrocha à ses épaules pendant qu'il défaisait la boucle de la ceinture.

— Et maintenant ? souffla-t-elle.

Elle se laissa embrasser. Ses moustaches avaient le goût douceâtre de la rivière, leurs corps flottaient comme des algues froides dans une eau envahie par le crépuscule. Une étreinte de poissons ; rien qui pût se comparer à la fusion interrompue par les flics sur l'autoroute. C'est lui qui rompit le premier et elle lui en fut reconnaissante. Elle ne se sentait pas le courage de le faire comme si elle se devait de compenser sa culpabilité par un vague simulacre de désir. Il l'aida à se hisser sur la rive et ils s'habillèrent sans se regarder, presque furtivement. Sa robe lui collait à la peau, elle avait froid et se sentait aussi laide qu'une petite fille rentrant chez elle bien après l'heure permise et qui aurait approché les mystères du péché par le côté le plus sale. Pendant qu'il lui frayait un chemin dans les broussailles elle le revit se dandiner nu sur les cailloux, empêtré dans son érection, si confiant et si tendrement ridicule qu'elle avait dû le blesser pour éviter de céder à son propre désir. Combien de temps parviendrait-elle à se maintenir suffisamment loin de lui pour lui épargner la dernière tromperie, la dernière barrière au-delà de laquelle, le dénouement venu, il ne pourrait s'empêcher de la considérer comme une parfaite salope ? Elle devait aller chercher Bruno et elle savait qu'elle ne pourrait le faire sans lui. Il était la folie qui compensait celle qu'elle avait faite en acceptant une mission qu'elle était incapable d'accomplir seule. Contrainte d'utiliser l'homme qu'elle commençait à aimer pour sauver la peau de celui qu'elle avait cessé d'aimer, elle se rêvait racinienne succombant proprement de la violence qu'elle avait engendrée.

— Vous rêvez ou quoi ?

— Un peu. Vous m'avez parlé ?

— Ouais. Venez voir.

Le chemin débouchait de l'autre côté du pont du Gard, en face exactement du parking où ils avaient laissé la voiture. La Peugeot noire en barrait l'accès. Assis derrière le coffre, un homme fumait une cigarette, un fusil posé sur ses genoux.

Normalement ils n'auraient jamais dû éviter le piège.

— Il faudra aussi que vous m'expliquiez ça, grinça Patrick.

Elle se dit que ça n'allait pas être facile.

42

Je fus presque soulagé. Il fallait bien que cette bagnole réapparaisse à un moment ou un autre et celui-là me semblait particulièrement bien choisi. Il vaut toujours mieux être derrière un piège que dedans. L'ennui c'était que, sans le cinéma d'Agathe, je n'aurais jamais débouché de ce côté-ci du pont. Difficile de croire au hasard quand il emprunte des voies aussi sophistiquées. Elle avait l'air aussi surprise que moi, mais Tom disait toujours que les femmes naissent avec l'étonnement sur les lèvres pour éviter d'avoir à s'expliquer sur le reste de leur vie.

— Combien sont-ils ?

— Trois au moins, quatre au plus.

— Comment le savez-vous ?

— La voiture peut difficilement en contenir plus de quatre et il en faut au moins trois pour verrouiller la nasse. Un dans la voiture, le deuxième derrière la Chrysler et un troisième pour nous couper la retraite.

— Vous en savez des choses pour un simple convoyeur de voitures.

J'ai pas pu m'empêcher de me marrer.

— Ça vous va bien de dire ça.

— Plaignez-vous. Sans moi vous auriez l'air malin. Pourquoi n'embarquent-ils pas la voiture puisque c'est ça qu'ils veulent ?

— D'abord rien ne prouve que c'est à la voiture qu'ils en veulent et sans le delco ils peuvent toujours se brosser pour la faire démarrer.

— Des delcos ça se trouve, non ?

— De ce modèle ça m'étonnerait.

Elle se tut un moment. Le temps, me dis-je, de digérer l'information et de renouveler son stock de points d'interrogation. J'ai essayé de réfléchir mais le poids de ses seins contre mes épaules compliquait singulièrement les choses.

— Ça ne vous ferait rien de choisir un autre point d'appui.

Elle s'éloigna avec un rire étouffé. Ma cervelle n'en fonctionna pas mieux. Je me mis à fredonner nerveusement « Lovesick Blues ». La dernière fois que ça m'était arrivé, j'essayais d'échapper à trente-huit tonnes de routier cocu de frais.

— Venez, j'ai fait. On se tire.

Elle m'a suivi sans poser de questions.

On a ramé un bon quart d'heure avant d'atteindre Remoulins. Je pétais de froid et de faim, je rêvais d'alcool et de rade enfumé, et l'idée de me colleter avec une poignée de toxiques pour récupérer un tas de tôle qui finirait en numéro sur la liste d'un maniaque de la possession me semblait carrément bouffonne. Et je recommençais à bander. En marchant !

En fait de rade on a échoué dans une flaque de néon ouverte sur une nappe de $C0^2$. Agathe continuait à se taire. Encore une incapable de faire les choses à moitié. J'ai bouffé et bu jusqu'à ce que le monde reprenne un semblant de réalité. En fait je n'avais besoin que de deux choses : un camion et un fusil.

— On dirait que vous avez une idée.

— Ouais. Restez là. Il reste un peu de marc dans ma tasse. Essayez donc d'y lire ce qui va nous arriver maintenant. Je crois que je commence à m'y habituer.

43

L'endroit lui rappelait les brasseries du front de mer dans lesquelles sa mère et elle attendaient que son père ait fini de fourguer son quota de bulldozers et de pelles mécaniques. L'été, elles le suivaient dans ses tournées et elles restaient des heures à rien se dire, à écouter les airs que d'autres avaient choisis sur des juke-box aux scintillements racoleurs. Des hommes rôdaient autour d'elles, grimaçant d'obscènes et muettes invites à cette femme seule ou presque. Elle aurait souhaité que sa mère y répondît et que son père la trouvât abandonnée, jouissant de son malheur devant sa glace chaude.

— On dirait que vous avez encore perdu quelque chose.

Elle ne fut pas vraiment surprise de le voir. Son visage fatigué semblait s'être ratatiné un peu plus mais son sourire n'avait rien perdu de son flamboiement sardonique. S'il était inquiet du sort de son capital, il le cachait bien. Un joueur de poker planqué derrière sa donne.

— C'est votre copain qui perd ses affaires, pas moi.

— Je vous avais prévenue, l'amour ne lui vaut rien. Vous lui avez parlé de moi ?

— Non.

— Pourquoi ?

— J'en sais rien. Quand vous m'avez laissée je ne pouvais pas prévoir que la première voiture me ramènerait vers lui. Je me suis dit qu'il fallait laisser faire la chance.

— L'ennui avec vous c'est qu'on ne sait pas qui est la plus dangereuse. La petite futée ou la cinglée intégrale ?

— C'est une question ?

— Non. Une interrogation tout au plus. Si vous bandez réellement pour ce mec, j'ai rien à dire. C'est mon pote et je l'aime depuis qu'on est mômes. Je ne peux même pas vous reprocher votre manque de goût.

— Mais si je cherche à l'entuber, je vous trouverai sur mon chemin. C'est bien ça ?

Il la regarda sans répondre. Elle se sentait comme un morceau de bois dans un moteur d'acier poli. Voyante, étrangère, vouée au rejet. Il était trop tard pour songer à changer d'univers. Elle était la compagne de Bruno Tanzi, une femme de truand enchaînée à sa solitude et à ses devoirs douteux. Elle soutint le regard de Max.

— J'ai compris, fit-elle.

— Patrick vous a dit où il allait ?

Elle haussa les épaules.

— Vous savez bien que non.

— Il va revenir avec un fusil et un véhicule. Un camion sans doute. Vous avez besoin d'un dessin ?

À peu près le même genre de plan que celui qu'aurait adopté Bruno : on fonce dans le tas et on joue à se faire peur en espérant que ceux d'en face n'ont pas plus envie de mourir que vous.

— Il n'y a pas une gendarmerie dans le coin ? sourit-elle. C'est commode pour récupérer une voiture volée.

— Pour l'instant personne n'a volé quoi que ce soit. Je ne sais même pas ce que veulent ces types. Si les flics se pointent ils foutront le camp et recommenceront cent kilomètres plus loin.

— Vous les avez vus ? Combien sont-ils ?

— Trois. Mais je n'ai pu en voir que deux. Le troisième ne sort jamais de sa voiture. Ce qui me rend le plus dingue c'est qu'ils vous précèdent. Comme s'ils connaissaient la destination de la Chrysler.

— Et vous vous demandez si ce n'est pas moi qui les ai renseignés. Exact ?

Il se leva. Elle fut, une fois de plus, surprise par sa taille et par l'aura d'énergie qui s'en dégageait. C'était comme si on avait fourré le contenu d'un transformateur dans une boîte de conserve.

— Je me demande surtout d'où vous sortez. Passez à l'ombre et continuez à cacher ma présence à votre nouveau boy-friend.

Elle faillit lui demander pourquoi mais il était déjà parti.

44

Je me suis approché du camtar, un Scania « turbo cooler » beau comme un B 52 qui aurait replié ses ailes pour dormir. Dans la cabine les Motorhead faisaient tout ce qu'ils pouvaient pour remplacer le bruit du moteur. Le trip de Rosie, c'était plutôt la balade canne à sucre genre Compagnie Créole ; faut savoir souffrir quand on a choisi d'œuvrer dans la philanthropie du calbard.

Le mec avait les yeux au plafond et les doigts de pied en bouquet de violettes quand j'ai fait irruption dans sa couchette. Penchée sur lui, Rosie avait l'air d'une gosse soufflant dans son Malabar. Je me suis demandé pourquoi il fallait que ces sacrés trucs soient toujours rose bonbon ou vert pomme. Peut-être pour mettre une note de gaieté à cette fête qui commençait à en manquer singulièrement. Il a regardé mon pétard, son truc est devenu tout flasque et il a mis les mains sur sa tête. Je les ai laissés à poil au milieu des vignes, le mec roulant des tatouages et Rosie chantonnant un florilège de jurons antillais. Brave petite, elle m'en donnait pour mes cinquante sacs. Je me suis promis qu'à mon prochain passage je lui offrirais le Robert en cinq volumes.

Sous le siège du conducteur j'ai trouvé un calibre 12 à pompe et une boîte de cartouches. Le premier coup de bol de cette journée frappée du sceau de la poisse.

Agathe était toujours là. Fallait-il que je m'en réjouisse ? C'est en tout cas ce que j'ai fait en regardant sa robe glisser sur ses cuisses pendant qu'elle escaladait le marchepied.

— Vous n'avez pas trouvé de tank ?

Même si je l'avais fait je ne l'aurais sans doute pas étonnée.

J'ai conduit le bahut jusqu'aux limites de la ville. Pendant que je faisais le tour pour lui ouvrir la portière, je me suis dit qu'un mec assez givré pour risquer de se faire tuer le jour où il tombait amoureux méritait qu'on parle de lui au passé.

45

— Attendez-moi là…

— Trois fois en une demi-journée. Ça ne m'était plus arrivé depuis longtemps.

— Quoi ?

— Je dis que ça fait trois fois que vous me plantez dans un coin en me demandant de vous attendre et que je ne voudrais pas que ça devienne une habitude.

— Mais, bon Dieu, ce n'est tout de même pas…

— La place d'une femme ? Qu'est-ce que vous savez sur la place des femmes ? Remontez dans ce camion.

De la cabine il lui paraissait beaucoup plus petit, au point qu'elle faillit tout lui dire comme si, d'un trône, elle s'adressait à la docilité d'un vassal. Au-dessous d'elle, les toits des voitures défilaient comme une colonne de cloportes migrant vers un mystérieux rendez-vous génétique. C'était, sans doute, de cette hauteur de vue que les routiers tiraient l'arrogance de leur conduite.

— J'aime bien les camions, fit-elle. Dommage qu'on ne puisse continuer la route dans celui-ci.

— Il faut que j'aille récupérer cette voiture, articula-t-il patiemment. Vous vous demandiez pourquoi on me payait si cher pour ce boulot. Eh bien vous avez votre réponse.

— O.K. Mais vous devriez réviser vos prix. Tout compte fait vous êtes sous-payé.

— Raison de plus pour ne pas vous en mêler. Descendez de ce camion et laissez-moi faire ce pour quoi on me paye. Mon pote a mis tout ce qui lui restait dans cette voiture et je ne vous ai jamais demandé de monter dedans. Tirez-vous.

Comment lui expliquer à quel point c'était impossible ? Depuis qu'elle avait lié son sort et celui de Bruno au hasard de leur rencontre, elle se sentait tenue d'en partager les aléas. Sinon, rien n'avait plus de sens et, plus que de tout autre chose, c'était de sens dont elle avait désespérément besoin. Elle le regardait et il lui semblait, à cet instant, d'une absolue beauté, elle comprenait qu'il n'existait pas au monde de beauté plus grande que celle d'un homme qui s'apprête à se confronter à l'idée qu'il se fait du monde. Cette prise de conscience fit naître en elle une sorte de frénésie.

— Vous êtes simplement stupide, cria-t-elle. Stupide et vaniteux. J'aurais pu vous tuer tout à l'heure, pendant que vous étiez collé à votre souche en train de maudire votre imprudence. Osez me dire qu'à ce moment-là vous pensiez que la place d'une femme n'était pas derrière ce revolver qui vous flanquait la chiasse. C'est un truand qui m'a appris à me servir d'une arme et, s'il l'a fait, c'est qu'il savait qu'une couche de vernis à ongles n'enlève rien à l'efficacité d'un index sur une queue de détente.

Il arracha le camion au bas-côté et le propulsa dans le flot des voitures.

— Faites chier, grommela-t-il.

Elle ferma les yeux. Maintenant elle pouvait avoir peur.

46

Un voyage absurde, voilà ce que c'était. Tout me claquait dans les doigts comme quand j'étais gosse et que j'essayais d'attraper les poissons rouges en leur mettant du sel sur la queue. J'avais fini par vider le bassin avec mes bottes, tous les poissons avaient crevé et je m'étais ramassé une mandale à me dévisser les cervicales.

J'ai sorti le fusil et je l'ai posé sur ses genoux.

— Le camion c'est pour virer la Peugeot du milieu. Dès que je l'aurais percutée vous vous mettrez à tirer. Faites un maximum de boucan mais tirez haut. Ça devrait suffire à les faire dégager. Si c'est juste des voleurs de voitures, ça m'étonnerait qu'ils insistent.

— Sinon ?

Je lui ai lancé mon regard le plus tordu.

— Sinon défendez-vous. C'est pas moi qui fréquente des truands.

— Et si c'est des voleurs de voitures qui insistent ?

— Et si vous la fermiez, pour une fois ?

J'ai quitté la route et je me suis engagé dans le parking à fond de seconde. Le turbocompresseur hurlait à s'en faire péter les boulons. À côté de moi, le fusil d'Agathe s'était mis à sonner le branle.

Hormis quelques écureuils on n'a pas effrayé grand monde. Le parking était désert et la Chrysler en plein dans ma trajectoire. Si je n'avais pas collé le bahut dans un arbre, le capital de Max finissait en compression.

— Ils sont partis, j'ai fait bêtement.

Et je me suis mis à gerber tout ce que je savais.

47

Allongée sur la banquette arrière, elle regardait le sommet des arbres tracer dans le ciel un mince ruban d'asphalte étoilé. La radio débitait en sourdine son tissu mélodique interrompu par les appels des paumés qui confiaient à la nuit les enfers de leurs journées solitaires. Bruno lui avait un jour expliqué qu'une bonne partie de la magie des routes de nuit venait de la voiture elle-même. La légèreté de l'air nocturne, sa fraîcheur humide modifient subtilement l'alchimie du mélange de la carburation et l'allégresse du moteur se communique aux passagers comme la pureté d'une voix fait monter des larmes aux paupières.

Patrick n'avait pas desserré les dents depuis qu'ils avaient quitté le parking du pont du Gard. Elle l'avait regardé se vider de sa peur et cette violence convulsive l'avait apaisée, comme si l'osmose entre eux se faisait si parfaite que les manifestations de douleur de l'un pouvaient servir de catharsis aux angoisses de l'autre. Il avait remonté le machin dans le moteur et, le regard plein d'un défi sans objet, avait avalé une poignée de cachets de Fringanor. Maintenant il fumait en continu les cigarettes trouvées dans le camion et grommelait entre ses dents des bribes de musique sans grand rapport avec celles que diffusait la radio.

Elle avait gardé le fusil et le serrait contre elle, vaguement consciente de la puérilité qu'il y avait à trimbaler ainsi un engin qui la terrorisait bien plus que ceux à qui elle en destinait la menace.

À Nîmes, il s'arrêta pour faire le plein. Elle fit semblant de dormir profondément, se retenant de tressaillir quand ses lèvres effleurèrent sa bouche en un baiser ténu comme la caresse d'un papillon.

À la station il prit aussi du vin. Des bouteilles de blanc, humides de condensation qu'elle voyait briller dans la lueur du tableau de bord quand il les levait jusqu'à sa bouche, accompagnant chaque gorgée d'une bouffée de tabac qu'il faisait descendre au fin fond de sa poitrine d'un gémissement brutal. Il buvait comme Bruno quand il croyait qu'elle ne le regardait pas. Comme un homme qui se croit seul et n'éprouve plus le besoin de se dissimuler derrière les rites mondains de l'imbibition. Elle essaya, une fois de plus, d'imaginer la rencontre entre les deux hommes ; *ses* deux hommes, comme elle se surprit à le rêver en affectant d'ignorer la brusque chaleur qui accompagna cette évocation d'un bonheur simplifié. Elle les pressentait suffisamment civilisés pour ne pas céder à la tentation de la sauvagerie primaire mais assez sauvages pour oublier les délices contrôlées de la civilisation. Plus que celle de Patrick, c'était la réaction de Bruno qui l'inquiétait. Elle avait senti monter, chez le premier, une tendresse lucide qui, loin de la gommer, avait stimulé sa méfiance initiale. Il savait qu'elle mentait et elle devinait qu'il y puisait des motifs à l'aimer davantage. De Bruno elle ne savait plus rien. C'était à peine si, sans le secours des photos, elle parvenait encore à évoquer son visage. Qu'était devenu le gentilhomme nonchalant et amoral qui lui promettait l'amour sans ses contraintes et qui se disait si libre qu'il ne pourrait jamais aliéner la liberté de quiconque sans que la sienne s'en trouvât amputée d'autant ?

48

D'abord faire réparer la voiture. Je me suis arrêté à la sortie de Nîmes pour faire le plein et téléphoner à un pote qui bricolait dans l'art moderne du côté de Narbonne. Agathe dormait avec une telle application que je l'en récompensai d'une esquisse de baiser. Elle eut le bon goût de ne pas me faire le coup de la Belle au Bois dormant et, si ma moustache la piqua, aucune grimace ne troubla la sérénité consciencieuse de ses traits. Mon pote était chez lui et m'assura qu'il tenait à ma disposition toutes les nuances de rouges : du garance au vermillon en passant par un rouge primaire particulièrement subtil qu'il réservait aux Chrysler en difficulté. Il m'indiqua également qu'il n'avait pas l'intention de se coucher et que, si je parvenais à desserrer un peu mes maxillaires, il serait ravi de ma conversation quelle que soit l'heure. Je me suis regardé dans la glace des chiottes. Le speed m'avait transformé en chaudière : je ruisselais et j'avais besoin d'un démonte-pneu pour ouvrir la bouche. J'ai acheté trois bouteilles de blanc et un tire-bouchon. Le soupir de soulagement du gardien m'accompagna bien au-delà de la porte.

Je me suis mis à biberonner, conscient de la vigilance d'Agathe.

Aucune voiture ne nous suivait.

Le pinard me faisait du bien. J'ai entamé la deuxième bouteille en gémissant sur mes tendances naturelles à l'excès. O.K., j'avais intérêt à rester éveillé le plus longtemps possible, mais de là à me transformer en Pacific 231…

À la sortie de Nîmes j'ai pris la 113 en direction de Montpellier. La route était déserte. Parfait pour repérer une éventuelle filoche. L'ennui, c'était que j'étais de plus en plus persuadé que les mecs n'avaient aucun besoin de me suivre pour savoir où j'allais. Il ne leur avait pas fallu longtemps pour s'apercevoir que leur guet-apens tournait en eau de boudin et, comme disait mon grand-père, ils s'étaient repliés en bon ordre sur des positions connues à l'avance. Autant dire qu'ils pouvaient être n'importe où et me tomber sur le poil n'importe quand. J'ai vaguement pensé à demander un coup de main à Max mais il aurait commencé par essayer de virer Agathe et la seule idée de la perdre m'était devenue insupportable.

J'ai traversé Pézenas à sec de blanc. J'avais l'impression d'avoir cent ans, mes mains dansaient la gigue sur le volant et je broyais plus de noir qu'une usine de torréfaction. Ce que je savais pouvait tenir dans la Déclaration roumaine des droits de l'homme. Que dalle. Sauf que j'étais raide dingue d'une fille qui m'avait levé comme un vulgaire perdreau et qu'une bande de fêlés me collait au train, me tirait dessus et m'obligeait à jouer les Rambo dans l'eau froide. J'avais piqué et planté le bahut d'un honnête travailleur, je m'étais brouillé avec toute une famille de manouches, j'avais avalé assez d'amphets pour compter tous les moutons d'Australie et je pédalais toujours dans la semoule. Complètement. Bon, Agathe me bourrait le mou depuis le début. Mais le fait qu'une femme raconte des histoires ne signifie pas forcément qu'elle soit la complice d'une bande de voleurs de voitures ; d'autre part, il est assez rare que des voleurs de voitures tirent sur leur proie quand elle roule sur l'autoroute. Les choureurs de caisses sont des gens généralement discrets, ils travaillent de nuit et préfèrent les tournevis et les pinces crocodile aux armes à feu. Donc, rien ne prouvait que les mecs en Peugeot en voulussent à la voiture ni que les mensonges d'Agathe eussent quelque chose à voir avec tout ce bordel. D'ailleurs rien ne prouvait qu'Agathe mentait.

En fait, rien ne prouvait rien, et il fallait être doté d'une solide parano pour s'imaginer que des gens qui vous tiraient dessus avant de vous monter un traquenard fussent forcément malveillants et pour penser qu'une créature de rêve rencontrée le matin fût attirée par autre chose que votre corps parce qu'elle refusait de vous lâcher, même quand il vous prenait la fantaisie d'attaquer une poignée de malfrats à coups de camion et de fusil à pompe.

Là-dessus, je me mis à trembler comme une feuille. Ma cigarette me glissa des doigts et tomba à l'intérieur de ma chemise. J'ai écrasé le frein tout en me frappant frénétiquement la poitrine. Le sac d'Agathe avait valdingué au milieu des bouteilles vides. Je l'ai ramassé et je me suis remis à trembler. Le pistolet n'était pas bien gros mais, à bout portant, n'importe quelle arme est mortelle. Tout le monde sait ça.

49

— Vous ne connaissez rien de plus doux comme réveil ?

— Parce que vous dormiez ?

Elle enjamba le dossier de la banquette. Les trois bouteilles vides roulaient sur le plancher, son sac était posé à l'envers.

— Il est tombé quand j'ai freiné. Rien de cassé ?

Elle jeta un coup d'œil à l'intérieur.

— Non, rien. Vous voulez que je vous remplace ?

— Pas la peine. Vous êtes assise sur mes cigarettes. Passez-m'en une.

Sa main tremblait. Il s'y reprit à deux fois pour l'allumer. Son visage baigné de sueur frémissait comme un plan d'eau sous la caresse d'une risée.

— Vous vous sentez bien ? s'inquiéta-t-elle.

— J'en ai pas l'air ? C'est ce foutu truc. Je crois que j'ai un peu forcé la dose. Ça va passer. Juste une tendance naturelle à l'excès.

Elle avait déjà vu des mecs défoncés au speed. Ils faisaient des loopings pendant vingt-quatre heures, mettaient une journée à redescendre et une autre à roupiller. Vu ce que Patrick avait avalé, elle pouvait multiplier par deux le temps pendant lequel il serait difficilement contrôlable. Bruno l'attendrait à partir de neuf heures dans un petit château en ruine, sur la route d'Auch, à une vingtaine de kilomètres de Toulouse. Il lui avait donné dix heures de battement, passé ce délai il essaierait de gagner l'Espagne par ses propres moyens. Une manière pudique de lui faire comprendre que, sans elle, sa cavale durerait le temps d'un tour de manège. Elle regarda sa montre et compta sur ses doigts. Ça lui laissait entre huit et dix-huit heures.

— Espèce de dingue, éclata-t-elle. Qu'est-ce qui vous a pris d'en avaler autant ?

Il la dévisagea et monta à fond le son de la radio. La voix de Mick Jagger couvrit le bruit du vent.

— Vous vous souvenez de ce morceau ? ricana-t-il. « Start me up. » C'est exactement ce qu'il me faut. Un truc qui me fasse décoller assez longtemps pour faire réparer cette voiture, semer une bande de toxiques et… Flippez pas, je vous dis que ça va aller.

— Et quoi ? insista-t-elle.

— Rien. Dormez un peu. J'ai téléphoné à un copain pendant que vous dormiez. On pourra manger et prendre une douche. Vous pourrez même vous reposer pendant qu'on réparera la voiture.

— Encore un garagiste ?

— Non. Un peintre maudit. Je suis sûr que vous allez l'adorer.

Elle posa sa main sur son bras. Autant essayer de faire un câlin à une barre à mine.

— Excusez-moi. J'ai vécu avec un homme qui prenait ces saloperies. Depuis j'ai peur. J'ai du Valium dans mon sac. Ça mettrait un peu d'eau sur l'incendie.

Il retira son bras. Un instant elle crut que le feu de ses yeux allait se communiquer à son visage tout entier. Il ouvrit la boîte à gants et lui jeta le tube de coupe-faim.

— Et si c'était vous qui vous mettiez au diapason ? La fin du voyage approche pour nous deux, non ?

50

Ma chemise était trempée. Je l'ai arrachée nerveusement. Du Valium ? Pourquoi pas une perfusion de Palfium ? Qu'est-ce qu'elle avait d'autre dans son sac ? Une batterie anti-aérienne ou une pomme piquée à la sorcière de Blanche-Neige ?

Je me mis à claquer des dents. J'avais l'impression d'avoir franchi une frontière invisible. Il me semblait avoir pénétré dans un lieu nouveau. Un lieu où je n'aurais jamais pensé que je serais forcé d'entrer un jour et où l'amour et le mensonge dansaient une ronde mortelle.

Passé Narbonne j'ai pris la route de Lézignan-Corbières. Conduire une caisse à 70 kilomètres/heure quand on a le cerveau qui turbine au kérosène est une expérience que je conseille à tous ceux qui veulent se faire une idée concrète de la dialectique. Ça vous fout les nerfs en queue de singe sans vous faire gagner un poil de cul sur l'orthodromie. C'est sans doute pour ça qu'on court plus vite dans les bidonvilles que dans les universités.

Mario habitait une grange sur la route de l'abbaye cistercienne de Fontfroide. C'est lui qui appelait ça une grange. En fait un tracteur y aurait été aussi à sa place qu'un comédon sur le pif d'une reine de beauté. Mario avait assez de fric pour refuser de vendre ses œuvres même s'il s'était trouvé quelqu'un d'assez fou pour l'en supplier à genoux. De toute façon personne ne l'avait jamais fait, et Mario continuait à assembler tout ce qu'il ramassait dans la décharge municipale et pompait dans son héritage comme un derrick sur les bords du golfe Persique.

J'ai planqué la Chrysler dans un hangar bourré de concepts biscornus en divers états d'achèvement et, flanqué d'une Agathe aussi causante qu'un lexique pour sourds-muets, j'ai fait irruption dans le loft de l'artiste.

Deux blondes à moitié à poil roulaient de gros pétards coniques sur une table de ferme qu'on avait amputée de ses pieds et dont le plateau aurait pu servir d'aire d'atterrissage à un avion de tourisme. Ça sentait l'herbe, la gnôle et le parfum collé directement sur la crasse. Les filles nous ont regardés en gloussant. À en croire leurs yeux, la partie devait déjà durer depuis un bon moment.

— Mario ! Y a du monde, a gueulé la plus grosse.

Elle avait un vague accent anglais et prétendait s'appeler Roxane. L'autre a tiré un grand coup bien goulu sur son pétard et nous l'a tendu en souriant au plafond.

— De la vraie dynamite cette dope, elle a bredouillé en lâchant la fumée par à-coups, façon message sioux.

J'ai refusé le joint en rigolant. On aurait dit des mômes mimant un pow-how hippie à la fête de fin d'année du bahut communal. J'ai trouvé Mario dans la cuisine en train de préparer des mints-juleps. Il avait pris un peu de bide, perdu des tifs, gagné des rides mais, eu égard à sa conception de l'hygiène vitale, il restait plutôt présentable. On s'est filé quelques claques dans le dos en s'assurant du plaisir mutuel qu'on éprouvait à se revoir. J'avais l'impression de faire l'acteur dans un film dont j'inventais les séquences au fur et à mesure du tournage. Je me sentais sale, minable et complètement déplacé.

— D'où tu les sors ces deux-là ? j'ai fait.

— Je les ai ramassées sur la route de Narbonne. Elles prétendent préparer les Beaux-Arts de Paris. Depuis qu'elles ont vu mon atelier, elles m'adorent littéralement.

Il laissa échapper un petit rire sale.

— Moi je les verrais plutôt en première année du cours Pigier de Vesoul. Si le cœur t'en dit, ne te gêne surtout pas. Elles n'attendent que ça.

Le cœur ne m'en disait pas. Non que les filles aient été laides ni que l'idée de partouzer des gamines défoncées me semblât moralement inacceptable, mais je nous ai vus vieux et moches, comme si le rire de Mario nous avait soudain nimbés d'une auréole de crasse.

Là-dessus Agathe s'est pointée dans la cuisine et le regard de Mario s'est posé sur elle comme un crabe crevé sur une plage immaculée. J'ai compris qu'il y avait maintenant des choses que je ne pourrais plus faire, quoi qu'il arrive. Baiser des adolescentes et les mépriser de se laisser faire, par exemple. Ou continuer à fréquenter ceux qui le font en prenant ma lâcheté pour une indulgente complicité. J'ai regardé Mario jouer les hommes du monde et se fendre d'un baisemain grotesque. Je l'ai entendu se présenter en roulant ses yeux de défoncé inutile et je sentais chacune de ses pensées ramper sur elle et la souiller comme autant de morsures obscènes. Je me suis dit que l'abus de speed m'avait un peu décalé la tronche et que je ne souffrais, finalement, que d'une crise d'exaltation passagère, rien qui ne pût se soigner par une ingestion raisonnable de bourbon. J'ai fini la bouteille qui traînait sur l'évier et j'ai balancé mon poing dans la gueule de ce salopard.

51

Toulouse, 85 kilomètres. Elle n'osait plus lui parler. Muré dans sa colère il grinçait des dents, et l'aube dessinait des taches livides sur son visage noirci de barbe. Toulouse, 84…

— J'ai besoin de m'arrêter, souffla-t-elle.

— Simplement pisser, ou… ?

— M'arrêter. Prendre une douche, un café, me changer… Faire des choses civilisées pour changer un peu. Vous pourriez commencer par me regarder, par exemple.

Elle le sentit se détendre.

— J'ai eu tort de cogner sur cet enfoiré, dit-il sans tourner la tête.

— Qu'est-ce qui vous a pris ?

— J'en sais trop rien. D'habitude il me fait rire. Ça doit être votre présence qui m'énerve. À moins que ce ne soit le revolver que vous trimbalez dans votre sac.

Il fallait bien que ça arrive. Elle en fut soulagée comme une gosse qui voit, enfin, s'effondrer l'échafaudage de ses mensonges. Elle eut une pensée émue pour Mario et son pif écrasé. Elle savait, d'expérience, qu'il est des amitiés d'hommes qui ne résistent pas à la présence d'une femme, surtout quand l'amour embrume le cerveau d'un des deux mâles. À cet égard, la réaction de Patrick valait tous les madrigaux du monde. Il l'aimait ou, tout au moins, le croyait suffisamment pour ne pas hésiter à défendre son image de marque à coups de poing.

— De toute façon on ne stoppe pas une locomotive avec un lance-pierres, dit-elle d'une voix presque pimpante.

— Ça ne vous ferait rien d'être plus claire ?

— Je crois qu'il faut vraiment qu'on s'arrête, soupira-t-elle.

52

J'ai fini par accepter son Valium. Allongé sur le lit du motel je me suis dit que ce n'était pas une bonne idée. Je me sentais comme un paquet de pansements qu'on aurait ficelé autour d'un générateur haute tension.

Agathe chantait sous la douche. Elle m'avait balancé son histoire et maintenant, à l'instar d'une pécheresse après une bonne confession, elle lessivait son corps comme elle s'était récuré l'âme. À l'en croire, rien n'avait changé : j'étais libre de la larguer comme je l'avais été de la prendre en stop. Elle ne m'en voudrait pas de refuser de l'aider et si le hasard nous remettait en présence… Comme si on pouvait faire confiance à un machin qu'un coup de dés n'était même pas foutu d'abolir.

— Vous m'en voulez ?

Enrubannée de tissu-éponge blanc elle aurait pu servir de modèle à une allégorie de la candeur. J'aurais préféré qu'elle aille s'habiller ailleurs.

— Qu'est-ce qu'il avait fait, votre frangin ?

— Vol à main armé. Ça change quelque chose ?

Elle se débarrassa des serviettes. Elle avait l'air beaucoup plus nue que tout à l'heure, dans la rivière. Je me suis dit que ce devait être à cause du lit.

— Je suppose que non, j'ai fait.

— Vous allez m'aider ?

Comme si j'avais le choix ? Comme si je pouvais encore choisir de foutre le camp, de la laisser seule dans cette chambre qui ne sentirait jamais l'amour et de retourner vieillir en attendant le sommeil à Roba Capeu ?

— Si je refuse, vous pouvez toujours vous servir de votre arme. Vous l'avez prise pour ça, non ?

Elle m'a souri et je me suis réfugié dans la salle de bains. Dans la glace mon reflet n'avait pas bonne mine. Qu'il aille au diable ! Moi j'étais déjà en enfer.

53

Elle s'habilla rapidement en tournant le dos au lit. Jamais elle ne s'était sentie aussi nue que dans cette chambre, près de ce lit.

Plus que nue, ouverte, offerte comme une mangue mûre à craquer…

— Je vous attends dans la voiture, cria-t-elle par-dessus le niagara de la douche.

Sans attendre de réponse elle quitta la pièce, les yeux baissés pour éviter d'avoir à surprendre son reflet dans le grand miroir de l'armoire.

Finalement, elle s'en était tirée avec un demi-mensonge. Et encore. Qu'était-il d'autre qu'un frère, après tout ? Après six ans, que pouvait-il espérer ? Elle serait là comme promis et avait le droit d'en être fière. Le reste était à mettre au compte des aléas de l'aventure. Pour aider un truand en cavale il fallait autre chose qu'un 6,35 et un représentant de commerce. Un autre truand, par exemple, et elle l'avait trouvé. Un costaud tout tendre qui se disait livreur de voitures mais qui ne quittait jamais son calibre 38 et n'hésitait pas à charger au fusil de chasse ceux qui prétendaient lui piquer son invraisemblable carriole.

Livreur de voitures, tu parles !

— Où va-t-on ?

— On traverse Toulouse et on prend la route d'Auch.

— Il sortirait pas de la centrale de Muret, votre frangin ?

— On ne peut rien vous cacher.

— Oh que si ! Vous ne vous en privez pas, du reste.

Elle se sentit rougir. Elle se pencha de côté et lui déposa un baiser sur la bouche. Elle trouva ses lèvres froides et sa moustache sans saveur. On aurait dit qu'il se retenait la chaleur. Comme s'il avait décidé de se laisser porter par un truc qui lui échappait mais dont il aurait accepté l'issue, comme on sait que la première caresse de la vie contient en elle toute l'ombre de la mort. Comme si la fatalité pouvait, en un instant, se substituer à la plus rigoureuse des lignes de conduite. C'est vrai qu'elle avait l'impression que le monde s'était assombri d'année en année, mais cette constatation ne lui apportait pas grand-chose. Elle avait choisi de tenir, simplement, pour éviter que sa vie ne finisse par ressembler à une poubelle. Ça n'avait pas été si facile que ça. Elle avait le droit d'en être fière même si, au passage, elle avait dû mentir. Non, pas mentir, composer lui semblait plus juste. Comme un musicien qui noircit ses portées et transpose en harmonie les dissonances qui lui parviennent du monde. Il ne fallait pas lui en demander plus que ça.

Elle l'embrassa à nouveau.

La montre de bord indiquait neuf heures. Le soleil inondait la voiture.

54

C'était plus fort que moi : je ne pouvais plus penser qu'à son cul. À la profondeur de ses poils qui retenaient la lumière de la chambre, qui filtraient l'eau de la rivière, qui agaçaient mes doigts derrière le faible rempart de la soie. À mes mains s'entortillant dans son ventre jusqu'au centre même du volcan… J'étais tout prêt de dérailler et elle m'embrassait à petits coups pointus comme un oiseau qui picore le givre pour en extraire un souvenir de chaleur. C'était comme une montée d'acide, quand les panneaux qui cachent le monde commencent à vaciller et qu'on voudrait pouvoir foutre le camp parce que la vérité est une garce qui vous brûle les rétines.

J'ai mis la radio. Au flash de neuf heures ils ne parlaient que de ça. Trois truands qui s'étaient fait la malle de la centrale de Muret.

— Lequel c'est le nôtre ? j'ai fait.

— Bruno Tanzi.

— Tanzi, c'est votre nom à tous les deux ?

— Ben oui, elle a fait. Forcément.

— Alors c'est aussi le nom que vous avez donné au flic de Brignoles ? Forcément.

— J'y ai pensé, avoua-t-elle. Vous croyez que ça change quelque chose ?

Elle y avait pensé... Une vraie poupée gigogne, cette nana. Pas le temps de se remettre d'une surprise qu'elle vous en sortait une autre de ses jupes. Vivre avec elle devait être à peu près aussi sécurisant que de crécher dans le cratère du Stromboli.

— Oh, pas grand-chose, j'ai soupiré. Sauf que les flics nous recherchent avant même qu'on ait commencé. Et ne me dites surtout pas que vous n'y aviez pas pensé.

Elle n'a rien dit. Je me suis garé sur le bas-côté et j'ai essayé de réfléchir. Exercice difficile quand on sort d'une nuit blanche et que vos neurones servent de champ de bataille à une surdose de pilules antagonistes. Je me souvenais bien du gendarme de Brignoles. Ses galons de capitaine, il les avait sûrement pas gagnés en faisant souffler des ivrognes dans un ballon et, depuis ce matin, il devait bander salement à l'idée du méga-crâne qu'on lui avait offert sur un plateau. Le genre de jack-pot à vous faire passer commandant comme un rien. Faut dire qu'on lui mâchait le boulot au pandore : plus besoin de crapahuter dans la cambrousse à fouiller les taillis derrière un con de clébard quand on peut verrouiller tout le secteur et attendre qu'une monstrueuse bagnole rouge vienne s'emmêler toute seule dans la toile d'araignée.

Et ma mère qui me reprochait de faire toujours les choses à moitié…

Dommage qu'elle soit plus là, la sainte femme. Il m'avait fallu quarante-trois ans pour tomber amoureux mais j'y étais allé franco. Au train où allaient les choses, l'amour avait toutes les chances d'être l'œuvre ultime des productions Malinsky.

J'ai regardé Agathe et je me suis dit que je ferais bien de lui sauter dessus tout de suite, histoire de faire provision de souvenirs.

— Si vous en avez d'autres, allez-y, j'ai fait. Touchez mon dos. Je suis en train de sécréter une carapace.

Elle m'a caressé la joue. Un peu de douceur ça ne peut pas faire de mal. Même si l'horizon est aussi clair que le contenu d'une fosse septique.

Et la Peugeot noire ? Ça faisait un moment qu'on ne l'avait pas vue celle-là.

— Et si on changeait de voiture ?

— On peut. L'ennui c'est qu'il faudrait aussi changer de gueule. La mienne a toutes les chances de traîner dans un vieux fichier. J'aimerais bien savoir ce qu'il en est de la vôtre.

En la voyant rougir je me suis dit que j'avais pas fini de jouer à la poupée gigogne.

55

Des photos d'elle ils en avaient à ne plus savoir qu'en faire. Le juge qui avait essayé de la faire tomber pour complicité aurait pu en tapisser les murs de son bureau. Elle s'en était sortie parce qu'aucune n'établissait formellement sa présence sur les lieux mêmes d'un braquage. L'avocat de la famille avait fait le reste. N'empêche qu'elle avait senti le vent du boulet. Six jours de garde à vue dans un commissariat pourri de Perpignan à barboter dans le dégueulis des clochardes et la sollicitude révérencieuse des putes pour qui le statut de femme de braqueur était ce qu'on pouvait rêver de mieux dans la hiérarchie sociale : « Tu te rends pas compte, ma chérie, un truand qui te met pas sur le turf c'est comme un prince ; mieux qu'un prince même, vu que t'as pas à te faire chier à visiter les hospices et les maternelles. »

Elle s'était toujours interdit d'y repenser.

La crasse, la misère. La violence dans tout ce qu'elle avait de plus absolument vulgaire.

Surtout ne pas y retourner. Jamais.

Pour la première fois, elle fit, avec un sentiment d'horreur, le rapprochement entre ce qu'elle avait entrepris et l'endroit où ça pouvait finir.

Patrick la regardait, des points d'interrogation plein les yeux.

— C'est pas mon frère qui m'attend, souffla-t-elle en fixant la pointe de ses chaussures.

Un couple de merles s'égosillait dans un taillis. Gamine, elle pouvait rester des heures allongée dans le champ qui bordait le petit bois de Saint-Pierre, à écouter les oiseaux chanter jusqu'à pouvoir anticiper l'instant où chacun d'eux allait pousser sa goualante et jouer à les diriger comme un chef d'orchestre qui aurait avalé sa partition.

— Ce qui veut dire que les flics connaissent votre tête aussi bien que celle de votre amant. À moins que ce ne soit un mari ?

— Ça a de l'importance ?

— Objectivement, non.

Il lui sourit comme quelqu'un qui, sorti sous une averse sans parapluie, s'aperçoit qu'il a aussi oublié de mettre ses godasses.

— Je veux dire que la différence n'est pas de nature à modifier l'opacité de la merde ambiante. C'est déjà ça.

Elle cherchait quelque chose à dire. Un truc qui exprimerait simplement un concept vague et tortueux, qui engloberait de manière intelligible sa vie passée, leur rencontre et tout ce qui traînait autour. C'était, bien sûr, impossible. Il faut du temps pour être clair. C'est là tout le mystère des vieux couples. Elle se souvint de la première phrase d'un roman de Jim Harrison. À l'époque elle avait douté de l'avoir bien comprise.

— Il importe de ne pas accepter la vie comme une approximation brutale, cita-t-elle. Je ne sais pas si ça peut aider mais c'est exactement ce que j'ai envie de dire.

Il a remis la voiture en route.

56

Et nous voilà repartis sans savoir où j'allais. À vrai dire, l'ultime révélation — mais était-ce vraiment l'ultime ? — ne changeait pas grand-chose. Au contraire, je me sentais beaucoup plus disposé à aimer une femme qui risquait sa vie et sa liberté pour sauver son amant, alors que je n'étais pas assez calé en matière de famille pour apprécier qu'on puisse le faire pour un frère. Quant à ses mensonges successifs, ils étaient l'illustration d'une phrase d'Aristote que Tom, Dieu sait pourquoi, citait à tout bout de champ : « La science commence avec l'étonnement. »

Il me fallait bien reconnaître que, sur le chemin de la science amoureuse, elle me menait d'étonnement en étonnement.

J'avais donc un rival. Encore qu'il eût été plus juste de dire que son amant avait désormais un challenger. L'ennui c'était que, malgré les apparences, je n'avais pas le meilleur rôle. Héros, je ne le restais que dans la mesure où je continuais à jouer « Mission impossible » pour sauver celui qu'elle ne pouvait pas décemment larguer avant de l'avoir revu au moins une fois.

Avec ça il aurait fallu que je n'acceptasse pas la vie comme une approximation brutale. Bonjour les aphorismes !

J'ai revu mes peurs d'enfant. Une boule surgissait de mon sommeil et m'envahissait jusqu'à ce que je ne puisse plus distinguer entre ce qui appartenait au monde et à cette terreur ronde et lisse et que mes cris me délivrent enfin de l'asphyxie. Elle était revenue ma boule d'angoisse mais, cette fois, mes cris ne me réveilleraient pas. Cette fois, je devais l'avaler parce qu'il n'y avait plus de différence entre le monde et elle.

— Je ne vous en voudrai pas de tout laisser tomber, elle a fait d'une toute petite voix.

— Pourquoi ? Parce que je ne ferai pas pour votre jules ce que j'avais accepté pour un frère ?

— S'il vous plaît, ne vous mettez pas en colère. Ne gâchez pas tout.

S'il y a un truc qui me fout en rogne c'est bien de me demander de ne pas m'y mettre quand j'y suis déjà. Ça vaut pour la rogne comme pour tout le reste.

— Ouais, j'ai fait. Allez-y. Sortez-moi une autre de vos petites phrases bien léchées. Vous en avez une sous la main ou j'attends que vous ayez consulté votre dictionnaire de citations ? C'est à ça que vous passiez le temps pendant que votre copain faisait des trous d'épingle dans le grand capital, hein ? Apprendre par cœur des crottes de cerveau toutes lisses, prêtes à servir aux caves qui n'auraient pas encore compris que Bruno Tanzi et sa femme n'étaient pas des braqueurs ordinaires.

— Vous connaissez Bruno ?

Pour une fois c'était moi qui lui sciais les pattes.

— Je m'en voudrais. Les quelques truands que je connais n'ont pas besoin d'une agreg de philo pour se conduire comme des voyous. C'est à Ankara que j'en ai entendu parler ; par un mec qui l'avait laissé tomber parce qu'il avait pas choisi ce boulot pour s'entendre répéter que c'était la forme la plus aboutie du désespoir éthique. À propos, vous n'avez rien sur les pauvres cons qui trimbalent leurs quatre roues à longueur de bitume ?

— Stéphane, elle a murmuré. Vous connaissez Stéphane. C'est dingue.

Autant pour ma rogne. Perdue dans ses souvenirs elle m'oubliait doucement.

— Pas tant que ça, j'ai dit. C'est pas ceux qui veulent vivre autrement qui ont le plus de place.

Elle souriait, maintenant. Un sourire qui montait de l'intérieur comme une marée douce et calme.

— Vous avez bien compris tout à l'heure. Je pense que c'est impossible à faire. C'est pour ça que je vous ai tout dit. J'espérais que ça vous aiderait à renoncer. Quels que soient les liens qui m'attachent à Bruno je ne veux pas aller en prison. C'est aussi simple que ça.

Ouais, et moi je me retrouvais avec une nana hantée par l'image d'un taulard d'autant plus mythique qu'elle ne pourrait jamais cesser de se reprocher sa propre trahison. Autant essayer de vivre avec une candidate à la canonisation.

Sans compter qu'il pouvait s'en sortir, ce con.

— Qui vous parle d'aller en prison ?

Putain, j'étais vraiment prêt à faire et à dire n'importe quoi.

J'ai regardé la route en essayant d'y voir autre chose qu'un tunnel absurde qui ne menait nulle part. Comment en étais-je arrivé là ? Je n'en savais rien. À peine si je pouvais me souvenir de ce rêve d'amour anodin et de cette conversation entre deux personnes réunies par hasard qui avaient fini par faire naître en moi des visions de mort et d'anéantissement.

57

Elle avait peur. Comme on a peur quand on s'aperçoit que certaines douleurs sont beaucoup trop ambitieuses pour être assumées jusqu'au bout. Elle comprenait maintenant que, depuis le début, elle avait souhaité l'échec de son projet. Initialement parce qu'elle craignait de le voir aboutir et de devoir vivre à nouveau avec Bruno, à présent parce que les dangers qu'il y avait à affronter la terrorisaient.

Si seulement Bruno avait pu se faire descendre au cours de l'évasion… Elle ferma les yeux ; mais comment chasser une pensée qui s'impose à vous avec une telle netteté ? Elle avait pourtant tout fait pour que ça rate. Inconsciemment peut-être, mais avec une belle constance. D'abord le choix de l'équipage : ce qui se faisait de plus voyant dans le genre. Ensuite elle s'était collée à ce type, lui avait distillé la vérité au compte-gouttes dans l'espoir qu'il craque et les envoie balader, elle et son truand d'amant.

Il n'avait pas craqué.

Se pouvait-il qu'il l'aimât à ce point ?

Qu'est-ce qui les rendait si disponibles, lui et son tacot rouge bourré de mystère alors qu'ils traînaient dans leur sillage une théorie de voitures étranges et de personnages incompréhensibles ? Elle se sentit soudain flouée. Il savait tout d'elle et de son voyage et n'avait rien payé pour voir. Des deux énigmes qui avaient fait le charme de leur rencontre, seule la sienne subsistait. Une insupportable entaille dans le contrat tacite qui les unissait, voilà ce que c'était, et cette idée lui rendit le sourire comme un banc de sable sous le pied d'un candidat à la noyade.

— Arrêtez-moi là.

— En rase campagne ? Tout le monde va vous voir. Retenez-vous un peu, il faut que je fasse de l'essence.

— Il ne s'agit pas de ça mais je veux bien attendre le poste à essence. À condition que ce soit le prochain.

Il la regarda en levant un sourcil. Comme Clark Gable. Un truc qu'elle cherchait à faire depuis qu'elle était môme. Sans succès.

— Attendre quoi ?

— De quitter cette voiture. Définitivement.

— Ah, fit-il en baissant son sourcil. On recommence tout, si je comprends bien. Je me disais aussi.

— Vous ne comprenez rien. Je descends à la prochaine. C'est tout.

« Et s'il le faisait... ? S'il te larguait vraiment sur la piste du prochain Total avec tes talons hauts et ton baluchon ? Tu serais bien avancée, pauvre tarte. » Elle eut soudain brutalement envie de lui. Encore plus fort qu'au motel, quand elle baladait sa nudité comme une gamine qui rêve de faire sauter son pucelage et qui attend qu'on décide pour elle. Merde, à quoi ça pouvait bien servir de se retenir comme ça ?

Elle se mordit les lèvres, serra les cuisses et affronta son regard.

— C'est long six ans, dit-il si doucement que ses paroles couvraient à peine le bruit du vent. Surtout quand on les passe à gamberger. Je vous ai jamais parlé de mon copain Tom ? Il disait que la pire vacherie que la vie puisse vous faire, c'est de vous laisser au milieu d'une histoire pas finie. C'est des trucs à vous emmener directement à l'asile. Vous avez déjà visité un asile de dingues ? Non. Ben je peux vous dire qu'à côté, la prison c'est le Club Méd. Et c'est pas seulement une image.

— Pourquoi vous me dites ça ?

— Parce que, si vous n'étiez pas aussi verrouillée, vous auriez entendu l'hélicoptère qui nous mate depuis un petit moment. Vous avez raison d'avoir peur. Il fallait juste y penser un chouïa plus tôt.

Maintenant elle n'entendait plus que ça. Elle le regarda filer droit sur Toulouse. Elle se souvint de la première fois qu'elle en avait vu un. Elle était avec son père et il lui avait semblé assister à l'envol d'un énorme appareil électro-ménager.

— Et alors ? On n'a encore rien fait.

— Justement. Notre seule présence constitue, pour notre copain de Brignoles, un commencement d'exécution. Tant qu'on aura l'air de se diriger vers le centre des opérations il nous foutra la paix. Si on essaye de se tirer il nous coincera. Vous avez déjà été interrogée par des poulets en rut ?

— Oui, frissonna-t-elle pendant qu'une flopée d'images brutales lui envahissait la cervelle.

— C'est fou ce qu'on peut raconter comme trucs, hein ? Pour un peu on en inventerait.

L'ennui avec les mecs, c'est qu'ils arrivent rarement à échapper à la suffisance. Surtout quand ils n'ont plus que ça pour cacher leur peur.

Elle lui rendit son petit sourire crâneur.

— Sans compter qu'ils seraient bien foutus de désosser votre carrosse.

— Pour quoi faire ?

— Pour trouver ce qu'il y a dedans, pardi. Allez, dites-le-moi. Elle est trop belle pour être vide, votre Town and country.

58

L'ennui avec les femmes, c'est qu'elles veulent tellement avoir raison qu'elles sont capables d'inventer la vérité. Les misos croient s'en tirer en parlant d'intuition féminine. Les autres ont raison de faire gaffe ; on rigole pas avec la magie. Comme je n'ai jamais su dans quelle catégorie me classer, je me suis mis à gamberger salement. On ne balaie pas les oracles de la sibylle d'un simple revers de l'esprit. N'importe quel guerrier antique vous le confirmera. D'autant qu'elle y pensait depuis le début, comme à une monumentale évidence, et qu'elle devait prendre mon silence pour un manque de confiance caractérisé.

Au point où on en était je pouvais difficilement lui donner tort, et lui avouer ma totale ignorance ne servirait qu'à me faire passer pour un con.

C'était pas le moment.

Je lui ai balancé un sourire énigmatique à la Fu Manchu et je me suis mis à poser des équations à une inconnue : Max, le collectionneur de bagnoles et moi. Qui baisait qui et pourquoi ? Si je posais comme principe que Max ne chercherait jamais à m'enfler, il restait le collectionneur. Il faisait farcir la Chrysler par un complice, le jeunot huileux par exemple, et attendait qu'on lui livre le tout. Et la Peugeot noire dans ce bordel ? Des parallèles branchés sur le coup qui chercheraient à piquer la came ? Ouais, mais quelle came ? Et si Max couvrait les faux frais du garage en organisant des transports clandestins ?

Et merde…

— Vous ne savez rien, en fait. Je pense même que vous avez oublié de vous poser la question.

Elle avait retrouvé le sourire, miss Catastrophe. Tant mieux. C'était quand même comme ça que je la préférais.

— Exact, j'ai fait. Mais si vous aviez cherché à me fournir une bonne raison de ne pas me dégonfler, vous ne vous y seriez pas prise autrement. Tant que j'aurai le moindre doute, pas question de laisser les flics s'approcher de cette voiture.

Il y a un nom pour ce genre de truc : la fuite en avant. À voir son sourire s'effilocher doucement, je me suis dit qu'elle avait dû y penser en même temps que moi. Pour la réconforter je lui ai raconté la fable favorite de Tom. Il soutenait mordicus la tenir d'un beatnik japonais qui la lui aurait confiée, un soir de défonce, à Amsterdam. Ça disait à peu près ceci : « Si, dans la splendeur d'un matin de printemps, te contemplant nu dans ton miroir tu t'aperçois soudain qu'il t'est poussé une seconde paire de couilles, prends bien garde à ce qu'une joie vaine ne vienne illuminer ton cœur. Tu n'es pas devenu un surhomme, tu es simplement en train de te faire enculer. »

Ça ne l'a pas fait rire. Je me suis dit qu'il fallait peut-être avoir déjà une paire de couilles pour trouver drôle d'en avoir deux.

59

Elle resta dans la voiture pendant qu'il faisait le plein. Le pompiste, un jeune mec en Levis et tee-shirt moulant, n'avait pas assez de ses deux yeux pour mater la voiture et ses jambes. C'était comme ça que tout avait commencé : par une station-service entre Antibes et Saint-Raphaël et un pompiste éberlué qui ne savait plus où donner de l'admiration. Quoi qu'il arrive, cette scène serait pour elle bien plus qu'un souvenir : une borne dressée dans le cours du temps. Erreur ou clairvoyance, mais qui peut se vanter, celle de sa naissance mise à part, de connaître avec précision une date de sa vie ? Un instant qu'il puisse isoler de la confusion comme la première taille dans la gangue d'un diamant brut ? Elle se dit que c'était là une pensée orgueilleuse, la première depuis longtemps, et qu'elle valait bien qu'on la saluât d'un sourire d'orgueil. Le tee-shirt moulant le prit sans doute pour lui car il en frémit de contentement.

Elle se sentit soudain terriblement voyante, cacha son visage derrière ses lunettes noires et dissimula ses cheveux sous un foulard de soie. En vain. Le monde n'avait d'yeux que pour elle.

— Vous n'êtes pas descendue ?

— Non, mais je me planque.

— C'est une bonne idée. Même si elle est vouée à l'échec.

Le compliment la surprit. Il ne l'avait pas habituée à ça.

— Merci, souffla-t-elle en se maudissant de se sentir rougir.

— Je ne parle pas seulement de votre beauté.

Elle fut dans ses bras avant de comprendre que c'était là qu'elle avait toujours voulu être.

Plus tard, elle y repensa comme à l'étreinte la plus chaste de sa vie amoureuse.

60

Je me suis souvenu d'une pub pour un piège à cafards que j'avais vue dans le métro de New York. Une simple boîte en carton qui laissait rentrer les bestioles mais leur interdisait la sortie. Ces enfoirés de publicitaires avaient appelé ça « The roach motel ». On y voyait un cafard mâle rougissant de désir entraîner une femelle aux yeux pudiquement baissés et la légende disait : « The roaches check in, but they don't check out. » À l'époque, j'y avais perçu un je-ne-sais-quoi d'inquiétant. Comme si je m'étais identifié inconsciemment à ces cafards piégés par l'amour. En entrant dans Toulouse je me sentais plus cafard que jamais.

Hormis quelques lardus préposés à la circulation on n'a pas rencontré la queue d'un flic mais, chaque fois que j'agitais un peu mes antennes, je les percevais qui rôdaient autour de cette putain de boîte.

J'ai garé la Chrysler dans un parking à étages

du centre-ville. Il y faisait sombre, ça puait la vieille urine et l'amour furtif. Je m'y suis senti chez moi. Dehors, le soleil et la ville rose se faisaient des mines. J'ai pensé à King Kong juché sur son gratte-ciel giflant la chasse américaine pour protéger ce qui le rendait si semblable aux hommes qui cherchaient à le tuer et je me suis dit que je n'avais jamais été aussi heureux de ma vie.

— Vous n'avez pas la moindre idée, fit-elle en m'effleurant le bras. Vous bluffez depuis le début.

Avec son foulard et ses lunettes noires elle ressemblait à une star en cours d'évasion.

— Tiens, j'ai dit, vous ne posez plus de questions. Dois-je en conclure que vous avez cessé de croire que je pouvais y répondre ?

— Au contraire. J'ai peur que vous vous obstiniez jusqu'à ce qu'il soit trop tard.

Elle est venue se coller contre moi et j'ai enfoui ma tête dans ses cheveux. Sans me regarder, elle s'est mise à parler de notre rencontre et, bien qu'elle chuchotât, sa voix semblait occuper tout l'espace comme un voile de douceur sur l'âpreté du béton.

— Vous aviez l'air si arrogant dans votre monstre rouge. Vous m'avez regardée et vous avez continué. Et moi qui avais passé tant de temps à essayer d'être belle… C'était comme si j'avais brusquement cessé d'exister. Alors je vous ai suivi et j'ai tout foutu en l'air sur un coup d'orgueil.

Vous comprenez ce que je cherche à vous dire ? Il me fallait un type banal dans une voiture banale et même comme ça c'était difficile. Maintenant c'est impossible.

Je m'étais toujours pris pour un type plutôt banal et personne ne m'avait jamais dit que j'avais l'air arrogant mais, bon Dieu, ce qu'elle sentait bon ! J'ai posé mes deux mains sur le volant et j'ai essayé d'oublier l'insidieuse expansion de mon intimité. Je crois que c'est Tom qui disait que le plus difficile avec les femmes c'était encore de se servir de sa tête. J'ai cherché quelque chose à dire mais je suis resté sec. Je me suis contenté de fixer le béton en me triturant la mémoire pour retrouver un instant qui vaille celui-ci. J'ai fini par me dire qu'il fallait être cinglé pour prendre un tel pied dans une telle merde.

— Si au moins vous m'en vouliez, elle a dit en me griffant la nuque. Mais vous êtes bien trop dingue pour ça.

— Et Tanzi ? j'ai fait en enlevant sa main.

— Je n'irai pas le chercher et vous non plus. J'aurais aimé que cette partie de ma vie se termine proprement mais la note du teinturier est trop lourde et je ne serai plus jamais la femme d'un truand.

— Vous auriez pu y penser avant.

— C'est vrai, mais qu'est-ce que ça change ?

— Tout, et vous le savez parfaitement. Je vous

ai déjà dit ce que je pensais des histoires mal finies.

Elle s'est éloignée de moi et je n'ai plus senti que l'odeur âcre de l'urine. Pourquoi fallait-il que mes moindres moments de bonheur finissent toujours par ressembler à de vieilles serpillières ?

— Autrement dit, il faudrait que j'aille en taule pour que vous consentiez à m'aimer.

— Je vous aime déjà. Je suis simplement trop vieux pour vivre avec les remords des autres.

Et même si j'avais décidé de m'y résoudre, il restait Tanzi. Je n'aime pas les gens qui se cachent derrière un flingue et je déteste ceux qui le font par dandysme. Cet enfoiré finirait bien par revenir. Ne serait-ce que pour se conformer au code de l'honneur débile des truands. Mais ça, je ne le lui ai pas dit, elle l'a trouvé toute seule.

— Vous avez peur de Bruno ? Je ne vous en blâme pas. Moi aussi.

On pourra toujours se vanter d'avoir rompu élégamment. Comme disait le père Tacite : *Titus Berenicem, invitus invitam, dimisit.* Rompu quoi, au fait ? On n'est pas obligés de s'aimer pour baiser, mais on n'est pas forcés, non plus, de prendre ses modèles dans les chansons de geste du Moyen Âge. Elle a retiré ses lunettes noires et je l'ai attirée contre moi. Elle allait sacrément me manquer. C'est pas tous les jours qu'on rencontre quelqu'un qui devance vos pensées. J'ai chaviré sous sa bouche, incapable de penser à autre chose qu'à la douleur de ce bonheur ultime. Pendant qu'elle s'escrimait avec ma ceinture et les boutons de mon jean, j'ai rêvé que j'en mourrais mais pas suffisamment pour ne pas pouvoir jouir de son désespoir. J'ai fermé les yeux quand elle me prit dans sa main et je les ai rouverts quand elle m'a lâché. Un grand type nous regardait en rigolant.

Vu d'où j'étais, les canons de son fusil ressemblaient à une contre-plongée des narines de Bokassa.

61

Elle songea sérieusement à continuer. Il était si proche d'elle… Et puis on ne tire pas sur un couple qui fait l'amour. On ricane peut-être, mais elle attendait ce moment depuis si longtemps qu'elle était prête à s'accommoder d'une ivresse publique. Pas lui. Quoique le bond qu'il fît faillit bien les mener au seuil de l'accomplissement. Elle roula sur le côté, jupe par-dessus tête, doublement impudique en ce qu'elle révélait, d'un même mouvement, leurs deux natures.

— Désolé, dit le grand type. Mais c'est la seule situation où l'on oublie ses armes. J'en sais quelque chose.

Sa voix était mélodieuse et, si ce n'était son fusil, elle l'aurait volontiers trouvé séduisant. Du reste, pourquoi les voleurs de voitures ne le seraient-ils pas ? En fait, elle n'avait pas eu peur et, le moment de surprise passé, elle trouvait même que les occupants de la Peugeot noire ne pouvaient pas mieux tomber. Privé de sa voiture,

Patrick se trouverait, du même coup, privé de sa mission et des dangers qu'elle représentait. Les voleurs se feraient coffrer au premier barrage et elle aurait tout son temps pour convaincre cette tête de lard qu'on n'échappe pas à la femme de sa vie.

— Vous ne risquiez pas grand-chose à attendre cinq minutes de plus, minauda-t-elle.

Le grand type se tourna vers le fond du parking.

— Vous entendez ça, les gars ? Plutôt gonflée la gonzesse. Dommage qu'elle soit tombée sur cet enfoiré de Tanzi. Notez qu'elle sait aussi trouver des coriaces quand elle en a besoin. Garde ton froc ouvert, mon gars, fit-il en posant son fusil sur l'oreille de Patrick. J' sais pas où tu as appris à vivre mais t'en sais assez pour que je prenne mes précautions. File-moi ton flingue.

Elle regarda Patrick fouiller sous le tableau de bord. Il détacha l'arme et la présenta, paume ouverte, comme sur un plateau. Elle lui trouva l'air décontracté de quelqu'un qui a passé la moitié de sa vie à se faire braquer dans un parking.

— Le fusil maintenant. Prends pas l'air étonné, mon gars. On était là quand tu nous as joué la percée des Ardennes version Scania. Du beau boulot. Heureusement que je me suis méfié quand je vous ai pas vus sortir de la flotte. Putain, je sais toujours pas comment t'as fait pour nous repérer mais j' suis pas prêt d'oublier la chiasse qui m'a pris quand je t'ai vu débouler dans ton camtar avec l'autre folle qui arrosait le paysage au 12 à pompe. Il s'en est fallu de cinq minutes pour que tu nous viandes tous les trois. Envoie le fusil.

— Sous la banquette. Agathe, passe-lui le fusil, veux-tu ?

— Non. Fais-le, toi. Je veux pas avoir à la descendre. On a trop besoin d'elle.

Besoin d'elle ? Qui pouvait avoir besoin d'elle au point de la traquer comme une renarde ? Et comment savaient-ils qu'elle était la compagne de Bruno ?

Le grand type prit le fusil.

— Merci. Tu peux te rhabiller maintenant. Toi aussi, ma cocotte.

Elle enfila sa culotte en relevant bien haut sa robe. Qu'ils la regardent si ça leur faisait plaisir. Elle avait toujours aimé le regard des hommes et le monde allait maintenant beaucoup trop vite pour qu'elle se privât d'agir comme si chacun de ses actes était le dernier. Bien qu'elle ne comprît pas exactement ce qui lui arrivait, elle sentait confusément que c'était du passé de Bruno que surgissaient ces hommes. Elle chercha le regard de Patrick. Il se rajustait aussi calmement que s'il venait de pisser.

— Bon, dit-il. Vous vouliez la bagnole, vous l'avez. On va pas, en plus, se raconter nos vies.

62

J'avais au moins compris quelque chose : la Peugeot n'avait rien à foutre de la Chrysler. Ça n'avait l'air de rien, mais, comme disait ma grand-mère, quand on comprend les choses on peut enfin se mettre à réfléchir. Ces mecs collaient au cul d'Agathe parce qu'elle était la seule à savoir où Tanzi se planquait, et moi j'étais tombé là-dedans par hasard comme une perruque dans une marmite de potage. L'autre arcan avait dû les blouser avant de se faire gauler, à moins qu'il n'ait balancé quelques-uns de ses congénères, histoire d'améliorer l'ordinaire de la centrale ou de trouver les moyens de s'en évader. Les prisons sont pleines de gens malhonnêtes. C'est une chose à savoir, vu qu'on a tous quelques chances de s'y retrouver un jour. Je me suis dit que ces trois imbéciles ne pouvaient pas mieux tomber. Ils allaient nous mener à Tanzi sans que les flics puissent nous reprocher d'avoir participé à l'évasion. À croire que le ciel avait décidé de prendre notre amour en charge. Le tout était de rester en vie jusqu'à ce qu'ils tombent dans le piège. C'était pas encore la pleine lumière mais le tunnel avait, au moins, une ouverture.

— J'ai l'impression que t'as pas tout capté, mon gars, a fait le grand type. Ce qu'on veut, c'est Tanzi. Le mec de Madame pour être tout à fait clair. Il vient de se barrer de la centrale de Muret et c'est toi qu'elle a choisi pour faire le ramassage. Ton tacot, personne n'en a rien à foutre. T'es peut-être bon derrière un cerceau, mais, question gonzesse, t'aurais plutôt intérêt à te recycler.

J'ai pris l'air abruti du mec qui vient de s'apercevoir que les pistons de son V12 étaient en bois.

— Vous me charriez, là. Les loubs sur l'autoroute… Merde, c'était bien ma caisse qu'ils voulaient.

— Une erreur, admit-il. On n'a pas beaucoup aimé son choix. Bagnole voyante et chauffeur un peu trop à la coule. Alors on s'est dit que si on te piquait ta voiture elle serait bien obligée de se rabattre sur un blaireau. Quand on a vu ce que t'avais fait à ces clowns, on a un peu paniqué.

— Et vous m'avez tiré dessus, histoire de dissuader la fille de voyager avec un carton de tir ambulant. Sauf que vous m'avez tout l'air de confondre dissuasion et tentative de meurtre.

— Ouais, il a fait en matant d'un sale œil un des deux sbires. J'ai jamais pu faire comprendre à ce débile qu'on n'était pas obligés de bousiller quelque chose chaque fois qu'on se servait d'un flingue. Ensuite on n'a plus rien pigé. Sauf que la fille voulait plus te lâcher et que tu devenais de plus en plus enragé. Comme vous alliez dans la bonne direction, on s'est dit qu'elle avait trouvé un moyen de t'amener où elle voulait. Alors on s'est contentés de vous suivre.

— Pourquoi vous avez pas continué ? Ne me dites pas que c'est parce que vous ne pouviez plus supporter de voir un pauvre mec se faire baiser.

J'ai pas aimé son ricanement. J'ai jeté un œil sur les deux autres tarés. Des porte-flingues standard. Ils se dandinaient sur les talons de leurs bottes en tentant vainement d'avoir l'air plus méchant que con. Agathe évitait mon regard. Elle n'avait pas l'air de les connaître et devait se dire qu'il fallait autre chose qu'une paire de godasses pour échapper à la fatalité. Pour le reste je ne me faisais pas de soucis. Elle était bien trop futée pour intervenir dans mon cinoche.

— On en a marre de te voir dans le paysage. Je crois que tu es tombé raide amoureux de cette gonzesse et je crois aussi que tu es complètement cinglé. Je t'ai vu à l'œuvre, mon gars. Si je t'avais laissé la possibilité de rencontrer Tanzi le premier, tu l'aurais descendu aussi sec.

— Il y a des chances, j'ai fait en grinçant des dents. Et l'autre pétasse n'aurait pas eu longtemps à attendre pour avoir le reste.

Il a eu l'air vachement content. Les mecs dans

son genre adorent que le monde soit simple. Ça leur évite d'avoir à se demander pourquoi ils passent leur vie à essayer de sortir de cabane.

— Tu vois que j'avais raison ? Mais moi, Tanzi, je le veux vivant. T'as compris ?

— Je suis pas complètement con, quand même, j'ai fait. Il vous a chié dans les bottes et vous voulez avoir le temps de lui expliquer que ça ne se fait pas. Normal. Seulement faudrait pas oublier que l'autre roulure m'a pris pour une bille. Ça non plus ça ne se fait pas.

— On n'oublie pas, mon gars. La seule chose qu'on lui demande c'est de nous mener à Tanzi. Après ça tu pourras même l'épouser si ça te chante.

Un peu que ça me chantait. Du moment qu'on me laissait le temps de lui éliminer les toxines…

63

Elle avait décidé de craquer à la deuxième paire de baffes. Ce fut le plus débile des trois qui les lui administra. Celui qui ne pouvait pas s'empêcher de détruire le paysage dès qu'il n'en avait plus besoin. Patrick arborait un sourire satisfait et elle se dit qu'il donnait le change avec un réalisme suspect. Elle y trouva un motif supplémentaire pour prendre la correction avec une arrogance qu'elle ne se soupçonnait pas.

— C'est bon, dit-elle avant que le débile n'armât son bras pour une nouvelle série. Je vais vous y conduire.

— Sans blague ? fit le grand type.

Ils avaient l'air tous les trois un peu déçus. Patrick s'arrangea pour lui faire parvenir un sourire de sphinx. Se pouvait-il qu'il crût à un nouveau mensonge ? Elle décida que non. Elle ne connaissait aucun de ces trois types et pas un seul ne semblait l'avoir déjà vue. Elle les traînait simplement derrière elle comme une partie d'un héritage dont elle n'avait pas encore songé à faire l'inventaire.

C'était ça que Patrick attendait d'elle et il l'aimait assez pour l'aider à aller jusqu'au bout de l'exorcisme. Elle frissonna, prise de vertige devant un gouffre dont elle mesurait soudain la profondeur ; comme si le bruit de la pierre touchant le fond lui parvenait maintenant, trente heures après qu'elle l'eut jetée.

64

J'ai eu un peu de mal à leur faire admettre que personne d'autre que moi ne conduirait la Chrysler. Ils bavaient tous devant comme des mômes dans une usine de chocolat ; le débile promit de flinguer le premier qui s'en approcherait et les deux autres parlèrent de courte paille, accessoire assez rare dans un parking en béton. À croire que les tours de manège ne sont pas près de cesser de faire tourner le monde. J'ai fini par faire comprendre au grand type qu'il valait mieux que Tanzi ne les voie qu'au dernier moment.

Il m'a jeté un sale œil et s'est installé sur la banquette arrière.

— Va surtout pas croire que je te fais confiance, il a dit. Ça me plaît pas que tu conduises cette carriole. Lâche le volant d'une seule main et je te la fais sauter. Pigé ?

Agathe s'est assise à côté de moi. Son œil gauche commençait à bleuir. Je l'ai regardée en rigolant.

— Dis-toi bien que c'est que la première couche, j'ai fait. Et vire ton sac de mes jambes. Il me gêne.

Ça m'a fait tout drôle de la tutoyer. Comme si je brisais unilatéralement un pacte essentiel. Elle a posé son sac entre nous deux, l'ouverture vers moi. J'ai eu envie de l'embrasser ; pour ça et pour cette formidable envie de vivre qui m'inondait comme un fou rire.

Juste rester en vie. Après tout, je ne faisais rien d'autre depuis quarante ans, même si j'avais passé la majeure partie de ce temps à me lamenter sur mes tristes perspectives.

Tassés dans la Peugeot les deux autres nous suivaient comme un seul homme. Je les sentais ronchons.

On a pris la route d'Auch, convoi clandestin dans la ville qui nous regardait passer comme un rubis glissant du doigt d'une matrone alanguie.

— Putain, c'est discret, a fait le grand type, manifestement nerveux.

— C'est pas fait pour, j'ai souri. Détends-toi. Un mec qui fait la gueule dans cette bagnole, c'est comme la reine d'Angleterre se curant le nez dans son carrosse. On ne voit plus que ça. Parle-moi plutôt de Tanzi. Qu'est-ce qu'il vous a fait pour que vous l'aimiez autant ?

Agathe s'est raidie et le grand type a reniflé dédaigneusement.

— C'est une vraie merde, ce mec. T'as pas besoin d'en savoir plus. Contente-toi de conduire.

Je l'ai regardé dans le rétro.

— On dirait que t'as la trouille. T'as quand même pas peur d'une merde, non ?

Il m'a pas cogné dessus mais c'est tout juste. Je crois que c'est le gamin qui nous faisait des grimaces dans la voiture d'à côté qui l'a retenu. Badin, j'ai tiré la langue au gamin. Je lui devais bien ça.

— Ils sont chiés, ces mômes, j'ai rigolé. Tu faisais pas ça, toi ? Putain, moi j'arrêtais pas. Chaque fois que mon vieux doublait une bagnole, le conducteur y avait droit. Je te dis pas les crampes à l'arrivée. Mille bornes avec la langue dehors, t'imagines ? Non, t'as pas l'air. Remarque, si ton vieux avait une Deuche, tu pouvais guère tirer la langue qu'aux cyclistes. En encore, pas dans les côtes. Rigole un peu, bordel ! On dirait que tu viens de t'enfiler un suppositoire au cactus.

— À quoi tu joues, mon gars ? Tu chercherais tout de même pas à me foutre en rogne ?

Plus intrigué qu'énervé, il fixait ma nuque, la tête penchée comme un vieux chien devant un os en plastique. Des camions nous doublaient, défilé de mercenaires rugissants aux uniformes dépareillés, et nous vaporisaient, au passage, de molécules tenaces.

Inflexible, l'aiguille du compteur ne décollait pas du 40.

— C'est des miles, ai-je anticipé. Cherche pas, ça fait juste 70 kilomètres/heure. Je peux pas aller plus vite. C'est une question de rodage. Dis-moi, Tanzi c'est pas ce mec qui s'est fait braqueur parce que la philosophie ne le faisait plus rigoler ? Un fêlé de première, à ce qu'on raconte.

— Ouais, c'est lui. Putain, tu peux pas l'oublier un peu ton rodage ?

— Impossible. Je vais tout de même pas flinguer un moteur de cette classe parce que t'as rendez-vous avec un instituteur en congé sabbatique. Tu veux que je te dise ? Je suis sûr que s'il le leur demandait, ils le réintégreraient aussi sec, le Tanzi. Ils manquent de profs. Tous les canards ne parlent que de ça. Alors tu penses bien qu'un mec capable de faire bouger d'un seul coup tous les employés d'un bureau de poste, ils le nommeraient au moins ministre. Il vous a piqué gros ? Je te demande ça parce que, vu sa réputation, vous risquez d'être un peu juste.

Il a mis un petit moment avant de comprendre. Agathe aussi. Elle m'a regardé comme si je venais de trouver la quadrature du cercle au détour d'un exposé sur la mortadelle. Ça ne pouvait pas mieux tomber. J'avais justement besoin d'un peu d'admiration.

Le grand type en avait aussi à me refiler.

— T'as oublié d'être con, constata-t-il. Je me demandais où tu voulais en venir avec ton baratin de représentant en chaussettes. Tu cracherais pas sur un petit extra, hein ?

— Ben, si le pourliche est pas trop minable, je pourrai toujours me rendre utile. Vous allez le flinguer, Tanzi ? Je veux dire après, bien sûr ?

— En voilà une question. Comment veux-tu que je le sache ? Ça dépend pas de moi.

Et moi ? Qui allais-je flinguer quand le moment serait venu ? Depuis des années je trimbalais une arme par conformisme absolu. Jamais je ne l'avais braquée sur quiconque. À peine étais-je sûr de savoir encore tirer. Quant à tuer ? Autant demander à un lièvre s'il a jamais pensé à obtenir le permis de chasse…

Surtout ne pas regarder le sac d'Agathe. N'importe quelle arme à feu est mortelle à bout portant. Tout le monde sait ça. Mais qui sait vraiment où le bout porte ?

— On pourrait peut-être aller un peu plus vite maintenant ?

— Ah non. Ça, c'est vraiment pas possible.

65

Contrainte au silence, prisonnière des retournements d'une histoire qui donnait d'elle l'image inversée d'une compagne fidèle jouant les hétaïres au bénéfice de son homme, elle déchiffrait les panneaux routiers et comptait le temps à rebours, attentive à ne pas se prendre les pieds dans cette irruption soudaine d'une masse d'informations distillées au goutte-à-goutte et dans les conclusions concomitantes qu'elle se devait d'en tirer. Bref, c'était le bordel. Un bordel d'autant plus entropique qu'au désordre de la situation s'ajoutait celui de ses sens énervés par l'épisode inachevé du parking. Pour dire les choses avec une verdeur qu'elle avait toujours enviée à certaines de ses camarades, elle avait une furieuse envie de tirer un coup, de se faire sauter, de baiser et, pourquoi pas, de se faire mettre. Elle y pensait sans la moindre confusion, ressassant les mots dont elle aurait accompagné l'acte, allant même jusqu'à reconnaître que les torgnoles, dans le cas présent, avaient pimenté son désir comme un grain de poivre, judicieusement placé, fait flamber sauvagement la suavité d'une bouchée de champignons. Attentive, elle l'avait été quand il avait fallu comprendre que la position et l'ouverture de son sac rendraient, le moment venu, son arme accessible. En revanche, et pendant le quasi-monologue idiot de son presque amant, elle avait un peu décroché, se contentant de happer quelques bribes de phrases, essayant d'oublier ce qu'un jean serré peut contenir de vigueur en dépit des lois d'incompressibilité de la matière. Elle comprit donc, d'extrême justesse, que Patrick avait proposé ses services à la bande et que l'autre idiot venait de les accepter facilement. Elle comprit aussi qu'il lui restait une quinzaine de kilomètres pour coller à la stratégie retorse du chauffeur — il valait mieux qu'elle le réduise à cette seule fonction pour l'instant.

— C'est encore loin ? s'est enquis le grand type.

— Une quinzaine de kilomètres. Il y a un petit chemin sur la droite. Il mène à un château abandonné. « Les Mouillasses. » C'est indiqué.

— T'as reconnu les lieux ?

— J'ai pas eu le temps mais Bruno m'en a fait parvenir une description détaillée. Le chemin descend au fond d'un vallon et remonte en cul-de-sac sur une sorte de tumulus boisé. Le château est au milieu des arbres.

— Pas bon ça, sentencia Patrick. Si le château surplombe le chemin, Tanzi verra les deux voitures. Il est seul ?

— Oui. Ils devaient se séparer tout de suite après l'évasion.

Elle avait l'impression de jouer la comédie à la kermesse du patronage. Tout avait l'air si convenu… La prochaine réplique de Patrick serait pour la Peugeot.

— C'est mieux, approuva-t-il. Mais la Peugeot doit rester sur la nationale. Il est long, ton petit chemin ?

Elle trouva la question si jolie qu'elle faillit enjoliver sa réponse de sous-entendus grivois : « Bien assez pour ta chaîne d'arpenteur, mon mignon » ou « tout dépend de l'aune à laquelle on le mesure. »

— Je ne sais pas. Ce qui est sûr c'est que personne ne l'emprunte plus depuis longtemps.

Elle aima le voir sourire. Au moins auraient-ils marivaudé jusqu'au bout.

— Qu'est-ce qui te fait rire, mon gars ? Ça te plaît tant que ça qu'on largue la Peugeot ?

— Eh, renverse pas les rôles, tu veux. C'est toi qui décides, pas moi. Je me marre parce que la vie est marrante. On part de chez soi pour un petit boulot à la con et, au bout du compte, on touche le gros lot. Tu voudrais pas que je pleure, non ?

66

— Oh, on se calme, mon gars. T'as vite fait de passer du pourliche au gros lot. Sans compter que tu l'as pas encore palpée, ton enveloppe. Arrête-toi et va dire aux autres de laisser la Peugeot sur la nationale dès qu'on aura tourné dans le petit chemin. On ira au pas pour leur laisser le temps d'approcher du château. Et puis t'en profiteras pour recapoter cet engin. T'y avais pas pensé à ça, gros malin.

Je commençais à désespérer. Je pouvais quand même pas tout lui dire : il aurait fini par se prendre pour un con et se mettre à penser.

Les autres m'ont accueilli sans enthousiasme. Ils n'avaient pas envie de marcher et ne comprenaient pas trop pourquoi c'était moi qui transmettais les directives du boss. Je leur ai expliqué que s'il était venu lui-même j'aurais pu me tirer avec la bagnole, les armes et la nana. Le débile en a profité pour me coller son calibre dans les trous de nez en m'assurant que, si j'avais fait un truc pareil, il se serait fait un plaisir de me transformer en engrais naturel. L'autre s'est contenté de me regarder. Il parlait pas souvent, celui-là. Un chafouin, sans doute.

J'ai recapoté la Chrysler.

J'avais la trouille.

On n'a plus rien dit jusqu'au petit chemin. J'ai roulé au pas. Je pensais si fort à elle que le bruit des herbes contre la carrosserie m'évoquait des souvenirs qu'on n'avait pas encore eu le temps d'avoir.

Un tumulus boisé qui abritait un château abandonné, un prisonnier évadé et une belle endormie. On a descendu le petit chemin tout doucement, sur la pointe des pneus. Le genre de petit chemin qu'on soupçonne de se refermer derrière vous comme un piège très doux qui ne prendrait réalité qu'à l'instant où l'on serait assez fou pour oser se retourner. J'entrais comme un voleur dans le décor des contes de mon enfance et je n'étais pas très sûr que ce soit des trucs à faire à mon âge.

Une grille à demi arrachée pendait d'un pilier de pierre où ternissait un lion de bronze. L'autre pilier, l'autre lion, couchés dans le fouillis des graminées, avaient, depuis longtemps, renoncé à jouer les janissaires. Le château n'était pas bien gros, à peine une grande maison flanquée de deux tours rondes et de deux ailes qui délimitaient une cour d'honneur en forme de carré indécis dont les côtés, fatigués de tenir tête au temps, se laissaient aller aux facilités alanguies de la ligne courbe. C'était un lieu émouvant comme peuvent l'être ces femmes, qui indifférentes à l'irrémédiable, laissent aux années le souci de leur apparence.

— C'est toi, Agathe ?

67

C'était comme un lendemain de cuite : un vague souvenir d'euphorie, la trouille d'ouvrir les yeux et la panique d'affronter tout ce qu'on avait essayé d'oublier.

— C'est lui, chuchota-t-elle.

Les mains crispées sur le volant, Patrick regardait devant lui. Elle chercha à localiser la voix comme s'il y avait encore une chance qu'elle ne soit qu'un simple écho abandonné par son propriétaire.

— Agathe ! Qu'est-ce que c'est que cette bagnole ?

Ça venait d'en face, du bâtiment principal.

— Répondez-lui, bordel, fit le grand type allongé sur la banquette arrière.

— C'est moi, Bruno. Tout va bien.

— Bon. Fais descendre ce type de sa voiture et garde-le dans ta ligne de mire jusqu'à ce qu'il soit dans la mienne. T'as compris, l'homme à la voiture rouge ? Descends et écarte-toi de trois pas sur la gauche !

— Quelle ligne de mire ? s'étonna le grand type.

— Merde, souffla Patrick. T'es armée ?

— Ben oui, dit-elle. Dans mon sac. Comment j'aurais fait pour vous amener ici, sans ça ?

— Fais voir, dit Patrick.

— Salope, jura le grand type.

— Ça vient, oui ou merde ! gueula Bruno.

— J'arrive, annonça Patrick.

Elle tenait le petit pistolet entre le pouce et l'index comme une souris morte trouvée dans un placard.

— Rien de bien dangereux, ricana Patrick. Laisse-la sortir avec, sinon l'autre parano va nous allumer. J'y vais.

Elle le regarda compter trois pas et s'immobiliser au milieu d'une touffe d'orties.

— Maintenant à ton tour, ma caille, cria Bruno. Garde-le en joue et ne passe surtout pas derrière lui.

— Vas-y, grogna le grand type. Essaie seulement de te souvenir que je n'ai plus besoin de toi. Et puis tiens-le correctement, ce truc. On dirait un môme qui apprend à pisser.

— Comme ça ? s'enquit-elle.

Elle raffermit sa prise et lui tira une balle dans l'œil.

68

Je l'ai regardée sortir de la Chrysler et s'avancer vers le corps du château. Le petit pistolet pendait au bout de son bras, elle le lâcha en marchant comme on se débarrasse d'un objet déjà oublié. Face aux lézardes profondes elle avait l'air de réinventer le monde.

— Planquez-vous, idiot, souffla-t-elle en passant près de moi.

J'avais les jambes en plomb, je guettais la balle qui, à n'en pas douter, allait m'expédier dans le territoire des grandes casses, là où rouillent et rôdent les épaves sans espoir de retour. J'ai revu ma mère : perchée sur une pile de nuages roses elle se lamentait de ne pas avoir eu de fille tout en s'enquérant du menu de mon dernier repas.

— C'était quoi ce bruit, Agathe ? Un coup de feu ?

La voix de Tanzi tremblait un peu. Je me suis dit qu'il avait aussi peur que moi et qu'on avait tous les deux sacrément raison. Agathe s'est déplacée sur la gauche, jusqu'à ce que son corps fasse obstacle entre la voix et moi.

— Il est mort, fit-elle. Les deux autres arrivent à pied. Ils sont armés. Les flics aussi arrivent. Il te reste peu de temps pour filer, Bruno.

— Merde ! Qu'est-ce qui a foiré ?

On aurait dit qu'elle dialoguait avec l'esprit du château ; un fantôme ahuri, mal réveillé par une miction intempestive qui aurait mouillé son suaire.

— Toi. C'est toi qui foires depuis le début. Je suis venue, Bruno. Va-t'en. Je ne veux pas qu'ils te tuent devant moi.

— Pas sans toi ! Viens !

C'était presque un sanglot. Elle a frémi et je me suis dit que l'amour était bien la chose la plus compliquée à laquelle je me sois jamais attelé.

— Avec ces godasses ?

Je l'ai imaginée crapahutant dans les collines avec ses échasses vernies. Putain, il n'y a vraiment que les femmes pour penser aussi vite.

— Je t'en achèterai d'autres. Tout ce que tu voudras, Agathe. Agathe ! Agathe ! Agathe… ! Ça fait cinq ans que je crie ton nom et je continuerai jusqu'à ce que tu sois près de moi pour que je puisse te le murmurer. Rien qu'une fois. Tu comprends ça, AGATHE !

Moi je comprenais. Oh, pas depuis très longtemps, mais fallait bien reconnaître que je m'y étais mis sur le tard.

Elle s'est retournée ; j'ai lu dans ses yeux tout ce que je voulais savoir. Elle avait le dos raide en avançant. J'espérais que, d'où il était placé, ce salaud pouvait voir ses larmes.

— Il y a des armes dans la voiture, Tanzi ! j'ai crié. Je vais m'occuper des deux porte-flingues. Traînez pas trop. J'ai pas l'intention de tirer aussi sur les flics !

Il n'a pas répondu. Il n'a pas tiré non plus.

J'ai planqué la Chrysler dans un hangar, au milieu d'un fatras de machines agricoles retournant lentement à la terre. J'ai récupéré mon 38 et le fusil du camionneur.

J'avais envie de pleurer mais ça ne venait pas.

69

Coupée en deux, misérable, malade, elle faillit rebrousser chemin. Elle pleurait en marchant et la façade lézardée du château lui apparaissait comme le reflet prémonitoire de son destin déchiré.

Tuer le grand type lui avait paru facile, une simple mesure prophylactique dont elle avait saisi l'opportunité parce qu'elle préservait du même coup l'homme qu'elle souhaitait sauver et celui qu'elle désirait garder. Rien à voir avec ce sentiment de déchirement qui lui donnait envie de vomir, comme s'il était plus facile de tuer un homme que d'en choisir un.

L'intérieur du manoir était dans un délabrement total. Des lambeaux de papier peint pendaient aux murs comme des oriflammes moisies, les plafonds crevés laissaient apercevoir les pièces du haut, elles-mêmes ouvertes sur les combles, et encore plus haut, des morceaux de ciel déchiquetés par le tranchant des ardoises brisées. Un escalier de chêne massif se dressait au milieu des gravats ; quelques balustres manquaient à sa double rampe mais il tenait, comme si de sa résistance dépendait l'équilibre précaire de l'ensemble.

— Je suis là, Agathe. En haut.

Elle ôta ses chaussures et se mit à grimper.

Elle le trouva agenouillé derrière les seules persiennes qui s'accrochaient encore au mur. Il lui tournait le dos et surveillait la cour en étreignant un fusil de gros calibre dont il avait posé le canon sur l'appui de la fenêtre.

— C'est qui ce type, Agathe ? demanda-t-il sans se retourner.

— Lequel ? Celui que j'ai tué ou l'autre ?

— Je me fous du mort, Agathe.

— Moi aussi, Bruno.

Il lui fit face un instant et se remit à surveiller la cour.

Elle s'approcha jusqu'à le toucher. Il était maigre, voûté, mal fagoté dans des vêtements trop petits pour lui et répandait une odeur aigre de peur et de transpiration.

— Tu as des cigarettes ?

Sa voix avait gardé un peu de ses accents impérieux passés. Dommage, se dit-elle, que ce soit pour réclamer ce qu'elle avait oublié.

— On n'a pas beaucoup de temps, Bruno.

— Viens près de moi.

Elle eut l'impression de s'immerger dans l'odeur de la mort. Il la prit dans ses bras, enfouit son visage dans ses cheveux et murmura son nom.

— Tu vois. C'était pas plus difficile que ça, dit-il en se dégageant. Juste un peu de tendresse. Dis, c'est pour moi que tu as tué ce type ?

Elle hésita. Mentir lui semblait si simple qu'elle ne put s'y résoudre.

— Pas uniquement.

Elle le regarda sourire. La première fois depuis cinq ans, se dit-elle en le serrant dans ses bras. Il la caressa un moment avant de se dégager à nouveau. Il avait lâché son fusil et la tenait par les épaules.

— Je suis content que tu ne sois plus seule. C'est en venant me chercher que tu l'as rencontré ?

— Oui. Il s'en sortira. Il se sort toujours de tout. Écoute, il y a une voiture sur le bord de la nationale, juste à côté du petit chemin. On peut encore s'en tirer…

— C'est drôle, mais c'était bien comme ça que je voyais les choses…

Sur la gauche un fusil s'était mis à tirer. Elle reconnut le 12 du camionneur, celui avec lequel elle avait arrosé le parking vide.

Bruno se déplaça rapidement vers l'arrière du château. Elle le suivit, évitant les trous du parquet, cherchant quelque chose à dire ou à comprendre.

— On dirait que ton nouveau jules vient d'ouvrir le bal. J'espère qu'il est aussi bon que tu le dis.

— Il l'est. Filons d'ici, Bruno. La voiture n'est pas loin.

— Attends, j'en vois un. Ce pauvre Roger. Toujours aussi con.

Elle le vit tirer. Il reposa son fusil.

— L'autre, je le lui laisse. Faut bien qu'il mérite son bonheur. On dirait que tu as du mal à comprendre, ma petite Agathe.

Il souriait, satisfait. Ses yeux brillaient dans son visage émacié.

Elle se souvint de ses balades nocturnes en haute Provence. Son grand-père étreignait sa main comme pour l'empêcher de suivre les lucioles. « Regarde, Agathe, disait-il en pointant un doigt vers les étoiles, celles qui brillent le plus sont peut-être celles qui sont déjà mortes. »

70

J'aurais au moins appris une chose : question précision, le 12 à pompe ne vaut pas mieux qu'une arroseuse municipale. J'ai loupé le débile d'une bonne dizaine de mètres. Il m'a regardé à travers les débris du lilas que je venais de vaporiser et il m'aurait certainement allumé pour le compte si sa tête n'avait pas explosé avant.

Un à zéro pour Tanzi.

Je lui devais une vie, à ce salopard.

Sûr qu'il l'avait fait exprès pour se valoriser aux yeux d'Agathe.

Je me suis planqué derrière un muret de pierres sèches et je me suis vidé par tous les bouts. J'étais mort de trouille et dans la merde jusqu'au cou. Ma propre merde.

Putain, mais qu'est-ce qu'ils attendaient pour se tirer ?

De toute façon je la retrouverais.

Il me suffisait juste de rester en vie.

Le débile s'était amené sur la gauche, logiquement l'autre, le grand taciturne, devait se trouver quelque part sur ma droite. Tu parles d'une foutaise : des quelque part il y en avait des hectares sur ma droite. Sans compter ceux de gauche et du centre.

Il pouvait bien être n'importe où, ce con.

Je me suis traîné jusqu'à l'aile droite du château. Je puais comme un congrès d'incontinents merdeux. S'il avançait sous mon vent il n'avait aucune chance de me louper.

Agathe et Tanzi étaient partis maintenant. Ça ne me valait rien de penser à elle. Quelques crampes supplémentaires dans mon ventre vide, quelques larmes qui venaient brouiller ma vision approximative de ce putain de champ de bataille.

Les flics ne tireraient sans doute pas. Ils se contenteraient de les coincer. C'est ce qu'ils font toujours avec les évadés. Max trouverait un bon avocat et elle écoperait d'une peine avec sursis. Moi je l'attendrais.

C'est lui qui a fini par me trouver. J'ai pas bien compris d'où il sortait mais c'était plus vraiment la peine de chercher à savoir.

— Où sont les autres ? il a demandé en m'enfonçant son calibre dans le cou.

— Morts tous les deux. La fille avait un flingue dans son sac. Un tout petit mais, à bout portant, n'importe quelle arme est mortelle. Tout le monde sait ça.

— Elle a eu William ?

Il avait l'air sincèrement étonné. Comme si je venais d'ébranler la confiance qu'il accordait au monde.

— Dans l'œil.

— Et Roger ?

— Dans la tête. Mais c'est Tanzi qui a fait le boulot.

— Et toi ? il a grincé en serrant son doigt sur la détente.

— Moi ? Je me suis chié dessus. Regarde.

Il a regardé et ça l'a fait rire. Je me suis aussi mis à rire mais je devais trouver ça moins drôle que lui, vu que c'est moi qui ai tiré le premier.

71

Serrés l'un contre l'autre, ils ne parlaient plus. Un peu plus tôt, elle lui avait proposé de faire l'amour. Non qu'elle en eût envie — quoique l'idée d'être la dernière femme d'un mourant lui eût provoqué un sentiment trouble d'excitation — mais parce que, dans sa détresse, elle n'avait rien trouvé d'autre à lui offrir. Il s'était contenté de sourire et d'enfouir un peu plus profondément son visage dans ses cheveux. Depuis, elle caressait son corps comme pour localiser le crabe ou en freiner la progression. « J'ai le cancer, avait-il dit simplement. Un de ceux qui vont vite. Quitte à mourir, j'aime autant le faire comme j'avais choisi de vivre. Quoi de plus signifiant, dans mon cas, qu'une évasion ? La métaphore absolue. J'ai longtemps hésité avant de te demander de venir. Finalement mon égoïsme l'a emporté sur mes scrupules. J'ai bien fait, non ? »

Il laissa échapper un rire creux en entendant la détonation.

— C'est fini. Un chacun. On aurait pu faire une bonne équipe tous les trois.

— Tu es sûr que…

— T'inquiète donc pas, mon amour. C'est bien le 12 qui a tiré. Tu ne perdras pas deux hommes le même jour. Va le rejoindre, il doit avoir besoin de toi.

Elle ne pensait plus à rien d'autre. Sans le moindre sentiment de culpabilité, comme si Bruno, en lui offrant sa mort, avait délibérément choisi pour elle.

— Qu'est-ce que tu vas faire ?

— J'hésite entre la méthode flamboyante, genre fort Chabrol, et celle, plus aristocratique, de Socrate.

Il y avait dans son sourire assez d'orgueil pour regonfler le monde.

— Tu peux peut-être m'aider, dans le fond. Laquelle des deux a le plus de chances de me valoir la vie éternelle ? Tu sais ça, toi ?

72

J'ai jeté le fusil aussi loin que j'ai pu. Je n'avais qu'une envie : prendre mes jambes à mon cou et détaler le plus loin possible de tout ce sang et de cette horrible puanteur de tripes éclatées, mais je me suis évanoui à deux pas du cadavre. Quelque part dans mon rêve, Agathe criait mon nom. Elle y mettait une ardeur réconfortante et j'aurais pu m'en réjouir si les croques-morts ne m'avaient déjà chargé, avec les autres macchabées, sur un charreton à bras tiré par la mère Corrar. Elle portait une robe rouge vif et chantait la ballade de ma vie dans une langue que je n'avais jamais apprise. C'était si beau et si triste que je ne doutais pas d'être en route pour le paradis. J'aurais seulement aimé qu'on m'eût laissé le temps de me laver. Allais-je passer ma vie éternelle dans une gangue sèche de sang, de merde et de vomi ?

— Vous empestez, disait Agathe en essayant de me relever.

Je l'ai trouvée scandaleusement fraîche. J'ai pensé à la prendre dans mes bras mais je me suis dit que rien ne l'obligeait à subir une telle épreuve.

— Navré mais je vous aime quand même.

— Moi aussi. Venez. Il y a un puits dans la cour.

— Marchez devant. J'aimerais autant que vous ne changiez pas d'avis tout de suite.

— Pas de danger, sourit-elle. J'ai jamais pu supporter les gandins parfumés. Vous ne me demandez rien, pour Bruno ?

— Non. Je sais seulement que je lui dois une vie.

— C'est à moi que vous la devez maintenant. Je suis son unique héritière.

J'ai juste eu le temps de me laver et de me changer avant que les flics arrivent.

Un coup de feu a retenti et on a tous baissé la tête. Sauf Agathe. Elle s'est tournée vers la façade en souriant comme si elle était soudain soulagée d'un énorme fardeau.

— Socrate, a-t-elle dit simplement.

73

Éclaboussés par les éclairs des gyrophares, les murs du château semblaient poser pour un ultime son et lumière, une sorte de reconstitution historique d'un drame très ancien dont les protagonistes auraient survécu dans sa mémoire comme la reddition de Vercingétorix ou l'assassinat du duc de Guise. Rien de personnel. C'est à peine si elle avait frémi quand les brancardiers avaient descendu le corps de Bruno avec la lenteur un tantinet emphatique qu'inspire la crainte d'avoir à évoluer sur une volée de marches pourries. Les flics l'avaient immédiatement séparée de Patrick et, loin d'en souffrir, elle ressassait sa solitude comme quand elle était gamine et, qu'à la veille des vacances elle s'acharnait à ne pas dormir pour ne rien perdre des délicieuses angoisses de sa dernière nuit de pension. Une chose pourtant manquait dans le décor. Une chose qu'elle mit longtemps à déterminer mais dont l'absence, brutalement révélée, s'imposa à elle bien plus violemment que toutes les présences qui s'agitaient autour d'elle.

La Chrysler avait disparu.

Les flics l'avaient confisquée et devaient déjà être en train de la désosser.

Combien d'années devrait-elle attendre pour que son nouvel amant lui soit rendu ?

Tout dépendrait de la nature de la cargaison. Si, comme elle en était persuadée, c'était de drogue qu'il s'agissait, elle pouvait s'attendre à jouer les femmes de marin jusqu'à la fin de sa beauté. Les juges ont horreur des trafiquants ; surtout ces petits jeunes qui, s'ils ne crachent pas sur une petite ligne ou un joint de bonne herbe, s'auto-absolvent en expédiant leurs fournisseurs dans un cul-de-basse-fosse, comme ce fonctionnaire vertueux qui lui avait refusé le droit de visite et qui s'était si soigneusement poudré le nez qu'on l'aurait cru sorti tout droit du lit d'une meunière.

Et le fric ? De quoi installer leur amour dans la soie et sur ces rivages blancs et bleus où vivre est à peu près aussi difficile que de respirer. Elle se dit que c'était là une pensée peu reluisante mais qu'elle avait gagné le droit de libérer son amertume des afféteries de la culpabilité. C'était comme si le vent et la tempête poussaient vers le large le bateau sur lequel elle allait enfin embarquer.

Elle détesta Patrick avec d'autant plus de conviction qu'elle ne trouvait rien d'autre à lui reprocher que d'avoir déserté l'idée qu'elle avait de lui. Non qu'elle eût été sûre qu'il aurait accepté de voler la cargaison mais bien parce qu'il avait perdu la possibilité de choisir.

Comme Bruno six ans plus tôt.

Comme son père le jour où elle l'avait vu pleurer dans la cuisine parce que son entreprise venait d'être mise en liquidation et qu'il se sentait trop vieux pour échapper au chômage. Ce jour-là, elle sut que les hommes ne pouvaient pas se permettre de perdre, parce qu'ils se débrouillaient toujours pour s'engouffrer dans un torrent de nécessités aussi lisse et rectiligne que le canon d'une arme.

Elle avait découvert son père le canon d'un fusil dans la bouche. Depuis elle avait cessé de vieillir, mais elle s'était dégradée comme se craquelle le portrait d'une jeune fille sans que l'âge de la toile ne parvienne à altérer l'impression de la jeunesse.

Elle rencontra Bruno une semaine après le suicide de son père et Patrick deux jours avant la mort de Bruno.

— Faut y aller, ma p'tite dame.

Patrick était déjà dans le fourgon. Elle évita son regard et s'installa dans la camionnette bleue.

Comme si elle n'avait fait que ça toute sa vie.

74

Je ne me faisais pas trop de souci. La Chrysler était à l'abri, les trois truands archifichés au grand banditisme et rien ne prouvait que nous cherchions à rejoindre Tanzi avant qu'ils ne nous enlevassent. Agathe tirait la gueule mais je me suis dit que de se faire emballer par les flics juste après le suicide de l'ex-homme de sa vie ne devait guère l'inciter à jouer des zygomatiques. J'avais assez de bleu dans la tête pour installer un anticyclone en béton sur tout le reste de ma vie ; j'allais faire réparer cette putain de bagnole, je la livrerais à son grossium de propriétaire et je passerais assez de temps dans le lit d'Agathe pour nous fabriquer les héritiers de ma part du garage de Max.

J'allais enfin poser mon sac.

Dommage que ma mère ne soit plus là pour voir ça. Je regardais par la fenêtre du fourgon, et c'était comme si je voyais le monde au travers des hublots du zinc qui me ramenait au pays. Un vrai pays de merde que j'avais quitté avant de savoir que la terre et la merde pouvaient constituer le plus onctueux et le plus fertile des mélanges. Un peu comme une vie ratée qui ne serait qu'une succession d'actes relativement irréprochables.

Je me suis souvenu d'une balade à Amsterdam. Nous venions de livrer une cargaison de freaks malades, frileusement enveloppés de peaux de bique. Elles sentaient encore les étables d'Anatolie et nous avions vécu dans cette odeur depuis le départ d'Istanbul. Nous marchions dans les ruelles du Jordaan District, essayant de capter les effluves des canaux et d'y reconnaître la fin du voyage.

— Cette putain de ville sent la chèvre, dit Tom.

Il avait fait le trajet à l'acide, moi aux speeds, et nous ne doutions, ni l'un ni l'autre, de la réalité de nos points de vue.

— Ce sont nos souvenirs qui puent le bouc, ai-je fait.

Il hocha lentement la tête comme si j'étais en train de m'embourber profondément dans l'erreur.

— Comment peux-tu te tromper à ce point ? Pourquoi mes souvenirs auraient-ils la même odeur que les tiens ?

— Parce que les derniers en date nous sont communs.

— Absurde. Souviens-toi d'Héraclite : « Nous ne nous baignons jamais dans le même fleuve. » Si chacun des nôtres change tout le temps, quelles chances ont-ils de se rejoindre un jour ?

Discuter avec Tom quand il avait recours à l'un de ses philosophes favoris revenait à jouer Fort Alamo dans le camp des Mexicains : on voyait bien la faille, mais pour ce qui était de s'en approcher, valait mieux penser à autre chose.

— O.K., j'ai fait. Sollicitons un jugement impartial.

J'ai arrêté une passante. Nous étions, l'un et l'autre, si défoncés que seule une Amsteloise pouvait accepter de nous écouter sans déclencher le plan O.R.S.E.C.

— Il s'agit d'une affaire importante, mademoiselle. Que sent cette ville ?

Elle plissa son nez avec application, agita ses narines et, sans cesser de nous regarder, affirma :

— La chèvre, indiscutablement.

Je n'ai plus rien dit et nous marchâmes jusqu'à la mer. Contrairement à son habitude, Tom ne semblait prendre aucun goût à sa victoire. Plus tard, dans le bus qui nous ramenait vers le centre-ville, il me confia qu'il savait depuis toujours que nous n'avions pas les mêmes raisons de voyager.

— Tu finiras par t'arrêter. Les mécaniques pourries ne t'amuseront plus et tes souvenirs prendront leur place. Toi, tu sais d'où tu viens.

— Et toi ?

— Non. Et je ne me souviens jamais de rien.

— Qu'est-ce que vous avez fait de votre voiture, Malinsky ?

— Pourquoi ? Vous avez l'intention de l'acheter ?

Il faisait chaud dans cette salle de la gendarmerie d'Auch. Le maître des lieux, mal à l'aise dans ses kilos superflus, laissait à notre copain de Brignoles le soin de mener l'interrogatoire. Je ne pensais qu'à Agathe, à tout le temps qui nous restait et à la manière de l'employer. Agathe qui ne desserrait pas les dents et qui avait même évité mon contact quand nous étions descendus du fourgon. Sans doute avais-je mal estimé sa douleur et le temps qu'il fallait pour qu'elle se résorbât. Sans doute n'étais-je qu'une brute amoureuse, un néophyte maladroit plus habitué au régime d'un moteur de camion qu'aux subtilités de l'âme féminine. J'apprendrais.

— Vous vouliez dire quelque chose, mademoiselle de Courson ?

— Non, capitaine.

La mention du grade avait, dans sa bouche, quelque chose d'incongru. Une touche de respect craintif ou d'agressivité ironique qui me sembla déplacée. Elle avait légèrement rosi et me regardait comme si je venais de grimper l'Himalaya en charentaises.

— J'ai pourtant cru vous voir tressaillir quand j'ai parlé de la voiture. Savez-vous où elle est ?

— Non, mais j'espère bien la retrouver. J'ai

laissé mon sac de voyage à l'intérieur. Vous voulez d'autres détails, capitaine ?

— Non merci. C'est à vous, ça ?

— Oui, fit-elle sans un regard pour le petit pistolet.

— Avez-vous tué un homme avec cette arme ?

— Oui.

— L'avez-vous tué dans la voiture ou à l'extérieur ?

— Dedans, coupai-je. C'est moi qui l'en ai sorti avant de cacher la voiture dans un hangar.

— Pourquoi l'avez-vous cachée ?

— Parce qu'elle vaut un million de francs, que je suis payé pour la livrer à son propriétaire et qu'il m'a semblé judicieux de la soustraire à toute violence. Mettez-vous à la place du client.

— J'aimerais bien que mes moyens me le permettent. Votre bijou est ici. Il est comme neuf, à part le sang sur la banquette arrière et le petit pet sur l'aile gauche, bien sûr. Votre histoire tient debout, Malinsky, et pour un jobard de votre acabit vous vous en sortez plutôt bien. Vous partez toujours en vacances avec votre 6,35, mademoiselle ?

Un poulet de base m'a fait sortir de la pièce et je suis resté à me ronger les sangs comme n'importe quel époux primipare. Ils allaient quand même pas me l'enchrister, ma reine d'amour ? Je me sentais de taille à défoncer à coups de lattes la plus blindée des portes de prison du royaume, à tresser des barreaux d'acier ou à attaquer le béton avec mes dents. J'avais la force du roi Kong et la ruse de sieur Goupil soi-même.

J'avais la trouille.

Et puis elle est sortie.

— On y va, elle a fait.

75

Ils reprirent la route.

Patrick connaissait un type qui bricolait dans la bagnole ancienne du côté de Dax. Un mec super, des doigts en or et une manière de préparer le confit d'oie, il ne lui disait que ça… Elle souriait en l'écoutant, attentive à ne manquer aucun des moments de bonheur que lui distillait le voyage.

Les flics ne lui avaient pas fait de cadeau. Ils avaient maintenu la pression jusqu'au bout et, s'ils n'avaient jamais eu l'intention de la garder, elle ne le sut qu'au moment où elle passait la porte. Contrairement à ce qu'elle avait imaginé dans la cour du château, c'était elle qui avait dû affronter la perspective de l'emprisonnement, et elle offrait son visage au soleil comme pour exorciser une peur qui ne la lâcherait plus.

Le temps venu, elle saurait se faire pardonner ses instants de faiblesse qui, elle ne pouvait en douter, n'avaient pas échappé à son compagnon.

Ils s'arrêtèrent à Aires-sur-Adour. Patrick, dans

sa quête perpétuelle d'un téléphone, l'abandonna aux émois d'un nouveau pompiste.

Elle ne fut pas surprise de voir Max. Elle se dit qu'elle devrait probablement s'habituer à le voir surgir, silencieux comme un chat, lui et sa trogne plissée de vieillard juvénile.

— Vous ne lui avez toujours rien dit, hein ?

— Non. Vous ne lâchez jamais prise, vous ?

— Jamais. J'ai tout vu. Un sacré rodéo. Vous allez continuer avec lui ?

— À votre avis ? sourit-elle.

— Oh, mon avis n'a rien à faire dans ce genre de choses. Répondez donc directement pour une fois.

— Oui. Je vais continuer avec lui.

— C'est bien ce que je pensais. On se reverra à Biarritz. D'ici là, pas un mot. D'accord ?

— Vous êtes incroyable. Où est le danger maintenant ?

— J'en sais rien encore. Nulle part sans doute. Comment savoir avec vous ?

Elle voulut lui demander pourquoi il n'avait pas conduit la voiture lui-même mais il avait déjà disparu.

« Sans doute parce qu'il ne voulait pas voyager dedans », se dit-elle.

Elle sourit. Dans la vitrine de la station-service, le reflet de la Town and country scintillait comme un écrin.

DU MÊME AUTEUR

EX, Denoël, 2002.

LE LIVRE DES ALCOOLS DE LA SÉRIE NOIRE, avec Arlette Lauterbach, Gallimard, 2001.

LA POIGNÉE DANS LE COIN, Baleine, 2001.

CORBUCCI, Albin Michel, 2001.

CHASSE À L'HOMME, avec Jean-Bernard Pouy, Éditions Mille et une nuits, 2000.

MELANCOLIA, Le Verger Éditeur, 1999.

LE MARIONNETTISTE, Librairie des Champs-Élysées, 1999 (Folio Policier, *n° 202*).

LE TÉNOR HONGROIS, Éditions Flammarion, 1999.

LE POULPE, LE FILM, avec Guillaume Nicloux et Jean-Bernard Pouy, Baleine, 1998.

LA PLAINE, avec des dessins de Frédéric Raynal, Éditions du Ricochet, 1998.

EN CHERCHANT SAM, Éditions Flammarion, 1998.

ARRÊTEZ LE CARRELAGE, Baleine, 1995. Réédition Librio, 1998.

BLUE MOVIE, avec Françoise Rey, Éditions Blanches, 1997.

NÉ DE FILS INCONNU, Albin Michel. Réédition Le livre de poche, 1997.

NICE EST, Calmann-Lévy, 1988. Réédition Baleine, 1997 (Folio Policier, *n° 128*).

LA VIE DURAILLE, avec Jean-Bernard Pouy et Daniel Pennac. Réédition Fleuve Noir, 1997.

LA CLÉ DE SEIZE, Canailles Revolver/Baleine, 1996 (Folio Policier, *n° 152*).

UN ORNITHORINQUE DANS LE TIROIR, La Loupiote, 1996.

ARRÊT D'URGENCE, Albin Michel, 1990 (Folio Policier *nº 295*).

FENÊTRE SUR FEMME, Albin Michel (Folio Policier *nº 267*).

NOSTALGIA IN TIMES SQUARE, avec Jacques Ferrandez, Futuropolis, 1987.

VERY NICE, Albin Michel, 1982.

OMBRES BLANCHES, Syros.

UN TUEUR DANS LES ARBRES, Albin Michel, 1982.

BLUES MISSISSIPPI MUD, avec Patrick Bard, La Martinière (épuisé).

COLLECTION FOLIO POLICIER

Dernières parutions

1. Maurice G. Dantec	*La sirène rouge*
2. Thierry Jonquet	*Les orpailleurs*
3. Tonino Benacquista	*La maldonne des sleepings*
4. Jean-Patrick Manchette	*La position du tireur couché*
5. Jean-Bernard Pouy	*RN 86*
6. Alix de Saint-André	*L'ange et le réservoir de liquide à freins*
7. Stephen Humphrey Bogart	*Play it again*
8. William Coughlin	*Vices de forme*
9. Björn Larsson	*Le Cercle celtique*
10. John Sandford	*Froid dans le dos*
11. Marc Behm	*Mortelle randonnée*
12. Tonino Benacquista	*La commedia des ratés*
13. Raymond Chandler	*Le grand sommeil*
14. Jerome Charyn	*Marilyn la Dingue*
15. Didier Daeninckx	*Meurtres pour mémoire*
16. David Goodis	*La pêche aux avaros*
17. Dashiell Hammett	*La clé de verre*
18. Tony Hillerman	*Le peuple de l'ombre*
19. Chester Himes	*Imbroglio negro*
20. Sébastien Japrisot	*L'été meurtrier*
21. Sébastien Japrisot	*Le passager de la pluie*
22. Pierre Magnan	*Le commissaire dans la truffière*
23. Jean-Patrick Manchette	*Le petit bleu de la côte Ouest*
24. Horace McCoy	*Un linceul n'a pas de poches*
25. Jean-Bernard Pouy	*L'homme à l'oreille croquée*
26. Jim Thompson	*1275 âmes*
27. Don Tracy	*La bête qui sommeille*
28. Jean Vautrin	*Billy-ze-Kick*
29. Donald E. Westlake	*L'assassin de papa*
30. Charles Williams	*Vivement dimanche !*
31. Stephen Dobyns	*Un chien dans la soupe*

32.	Donald Goines	*Ne mourez jamais seul*
33.	Frédéric H. Fajardie	*Sous le regard des élégantes*
34.	Didier Daeninckx	*Mort au premier tour*
35.	Raymond Chandler	*Fais pas ta rosière !*
36.	Harry Crews	*Body*
37.	David Goodis	*Sans espoir de retour*
38.	Dashiell Hammett	*La moisson rouge*
39.	Chester Himes	*Ne nous énervons pas !*
40.	William Irish	*L'heure blafarde*
41.	Boileau-Narcejac	*Maléfices*
42.	Didier Daeninckx	*Le bourreau et son double*
43.	Sébastien Japrisot	*La dame dans l'auto avec des lunettes et un fusil*
44.	Jean-Patrick Manchette	*Fatale*
45.	Georges Simenon	*Le locataire*
46.	Georges Simenon	*Les demoiselles de Concarneau*
47.	Jean Amila	*Noces de soufre*
48.	Walter Kempley	*L'ordinateur des pompes funèbres*
49.	Tonino Benacquista	*Trois carrés rouges sur fond noir*
50.	Dashiell Hammett	*Le faucon de Malte*
51.	Hervé Jaouen	*Connemara Queen*
52.	Thierry Jonquet	*Mygale*
53.	Auguste Le Breton	*Du rififi chez les hommes*
54.	Georges Simenon	*Le suspect*
55.	Emmanuel Errer	*Descente en torche*
56.	Francisco González Ledesma	*La dame de Cachemire*
57.	Raymond Chandler	*Charades pour écroulés*
58.	Robin Cook	*Le soleil qui s'éteint*
59.	Didier Daeninckx	*Le der des ders*
60.	Didier Daeninckx	*La mort n'oublie personne*
61.	Georges Simenon	*L'assassin*
62.	Howard Fast (E.V. Cunningham)	*Tu peux crever !*
63.	Maurice G. Dantec	*Les racines du mal*
64.	René Barjavel	*La peau de César*
65.	Didier Daeninckx	*Lumière noire*
66.	Chester Himes	*La reine des pommes*

67.	Sébastien Japrisot	*Compartiment tueurs*
68.	James Crumley	*La danse de l'ours*
69.	Marc Villard	*La porte de derrière*
70.	Boileau-Narcejac	*Sueurs froides*
71.	Didier Daeninckx	*Le géant inachevé*
72.	Chester Himes	*Tout pour plaire*
73.	Sébastien Japrisot	*Piège pour Cendrillon*
74.	Pierre Magnan	*Les charbonniers de la mort*
75.	Jean-Patrick Manchette	*L'affaire N'Gustro*
76.	Jean-Bernard Pouy	*La Belle de Fontenay*
77.	A.C. Weisbecker	*Cosmix Banditos*
78.	Raymond Chandler	*La grande fenêtre*
79.	Pierre Magnan	*Les courriers de la mort*
80.	Harry Crews	*La malédiction du gitan*
81.	Michael Guinzburg	*Envoie-moi au ciel, Scotty*
82.	Boileau-Narcejac	*Le bonsaï*
83.	W.R. Burnett	*Quand la ville dort*
84.	Didier Daeninckx	*Un château en Bohême*
85.	Didier Daeninckx	*Le facteur fatal*
86.	Didier Daeninckx	*Métropolice*
87.	Pierre Magnan	*La maison assassinée*
88.	Pierre Magnan	*Le mystère de Séraphin Monge*
89.	Jean-Patrick Manchette	*Morgue pleine*
90.	Georges Simenon	*Les inconnus dans la maison*
91.	Stephen Humphrey Bogart	*Le remake*
92.	Mark McShane	*Les écorchés*
93.	Boileau-Narcejac	*Terminus*
94.	Jerome Charyn	*Les filles de Maria*
95.	Robin Cook	*Il est mort les yeux ouverts*
96.	Georges Simenon	*L'homme qui regardait passer les trains*
97.	Georges Simenon	*Touriste de bananes*
98.	Georges Simenon	*Vérité sur Bébé Donge*
99.	Georges Simenon	*Le cercle des Mahé*
100.	Georges Simenon	*Ceux de la soif*
101.	Georges Simenon	*Coup de vague*
102.	Boileau-Narcejac	*Carte vermeil*
103.	Boileau-Narcejac	*Celle qui n'était plus*
104.	Boileau-Narcejac	*J'ai été un fantôme*
105.	Chester Himes	*L'aveugle au pistolet*
106.	Thierry Jonquet	*La Bête et la Belle*

107.	Pierre Magnan	*Le secret des Andrônes*
108.	Pierre Magnan	*La folie Forcalquier*
109.	Pierre Magnan	*Le sang des Atrides*
110.	Georges Simenon	*Le bourgmestre de Furnes*
111.	Georges Simenon	*Le voyageur de la Toussaint*
112.	Jean-Patrick Manchette	*Nada*
113.	James Ross	*Une poire pour la soif*
114.	Joseph Bialot	*Le salon du prêt-à-saigner*
115.	William Irish	*J'ai épousé une ombre*
116.	John Le Carré	*L'appel du mort*
117.	Horace McCoy	*On achève bien les chevaux*
118.	Helen Simpson	*Heures fatales*
119.	Thierry Jonquet	*Mémoire en cage*
120.	John Sandford	*Froid aux yeux*
121.	Jean-Patrick Manchette	*Que d'os !*
122.	James M. Cain	*Le facteur sonne toujours deux fois*
123.	Raymond Chandler	*Adieu, ma jolie*
124.	Pascale Fonteneau	*La puissance du désordre*
125.	Sylvie Granotier	*Courier posthume*
126.	Yasmina Khadra	*Morituri*
127.	Jean-Bernard Pouy	*Spinoza encule Hegel*
128.	Patrick Raynal	*Nice 42e rue*
129.	Jean-Jacques Reboux	*Le massacre des innocents*
130.	Robin Cook	*Les mois d'avril sont meurtriers*
131.	Didier Daeninckx	*Play-back*
132.	John Le Carré	*L'espion qui venait du froid*
133.	Pierre Magnan	*Les secrets de Laviolette*
134.	Georges Simenon	*La Marie du port*
135.	Bernhard Schlink/Walter Popp	*Brouillard sur Mannheim*
136.	Donald Westlake	*Château en esbrouffe*
137.	Hervé Jaouen	*Hôpital souterrain*
138.	Raymond Chandler	*La dame du lac*
139.	David Goodis	*L'allumette facile*
140.	Georges Simenon	*Le testament Donadieu*
141.	Charles Williams	*La mare aux diams*
142.	Boileau-Narcejac	*La main passe*
143.	Robert Littell	*Ombres rouges*
144.	Ray Ring	*Arizona Kiss*

145.	Gérard Delteil	*Balles de charité*
146.	Robert L. Pike	*Tout le monde au bain*
147.	Rolo Diez	*L'effet tequila*
148.	Yasmina Khadra	*Double blanc*
149.	Jean-Bernard Pouy	*À sec*
150.	Jean-Jacques Reboux	*Poste mortem*
151.	Pascale Fonteneau	*Confidences sur l'escalier*
152.	Patrick Raynal	*La clef de Seize*
153.	A.D.G.	*Pour venger pépère*
154.	James Crumley	*Les serpents de la frontière*
155.	Ian Rankin	*Le carnet noir*
156.	Louis C. Thomas	*Une femme de trop*
157.	Robert Littell	*Les enfants d'Abraham*
158.	Georges Simenon	*Faubourg*
159.	Georges Simenon	*Les trois crimes de mes amis*
160.	Georges Simenon	*Le rapport du gendarme*
161.	Stéphanie Benson	*Une chauve-souris dans le grenier*
162.	Pierre Siniac	*Reflets changeants sur mare de sang*
163.	Nick Tosches	*La religion des ratés*
164.	Frédéric H. Fajardie	*Après la pluie*
165.	Matti Yrjänä Joensuu	*Harjunpää et le fils du policier*
166.	Yasmina Khadra	*L'automne des chimères*
167.	Georges Simenon	*La Marie du Port*
168.	Jean-Jacques Reboux	*Fondu au noir*
169.	Dashiell Hammett	*Le sac de Couffignal*
170.	Sébastien Japrisot	*Adieu l'ami*
171.	A.D.G.	*Notre frère qui êtes odieux...*
172.	William Hjortsberg	*Nevermore*
173.	Gérard Delteil	*Riot gun*
174.	Craig Holden	*Route pour l'enfer*
175.	Nick Tosches	*Trinités*
176.	Fédéric H. Fajardie	*Clause de style*
177.	Alain Page	*Tchao pantin*
178.	Harry Crews	*La foire aux serpents*
179.	Sréphanie Benson	*Un singe sur le dos*
180.	Lawrence Block	*Un danse aux abattoirs*
181.	Georges Simenon	*Les sœurs Lacroix*
182.	Georges Simenon	*Le Cheval Blanc*
183.	Albert Simonin	*Touchez pas au grisbi !*

225. William Irish	*La sirène du Mississippi*
226. William Irish	*La mariée était en noir*
227. José Giovanni	*Le trou*
228. Jérome Charyn	*Kermesse à Manhattan*
229. A.D.G.	*Les trois Badours*
230. Paul Clément	*Je tue à la campagne*
231. Pierre Magnan	*Le parme convient à Laviolette*
232. Max Allan Collins	*La course au sac*
233. Jerry Oster	*Affaires privées*
234. Jean-Bernard Pouy	*Nous avons brûlé une sainte*
235. Georges Simenon	*La veuve Couderc*
236. Peter Loughran	*Londres Express*
237. Ian Fleming	*Les diamants sont éternels*
238. Ian Fleming	*Moonraker*
239. Wilfrid Simon	*La passagère clandestine*
240. Edmond Naughton	*Oh ! collègue*
241. Chris Offutt	*Kentucky Straight*
242. Ed McBain	*Coup de chaleur*
243. Raymond Chandler	*Le jade du mandarin*
244. David Goodis	*Les pieds dans les nuages*
245. Chester Himes	*Couché dans le pain*
246. Elisabeth Stromme	*Gangraine*
247. Georges Simenon	*Chemin sans issue*
248. Paul Borelli	*L'ombre du chat*
249. Larry Brown	*Sale boulot*
250. Michel Crespy	*Chasseurs de tête*
251. Dashiell Hammett	*Papier tue-mouches*
252. Max Allan Collins	*Mirage de sang*
253. Thierry Chevillard	*The Bad leitmotiv*
254. Stéphanie Benson	*Le loup dans la lune bleue*
255. Jérome Charyn	*Zyeux-Bleus*
256. Jim Thompson	*Le lien conjugal*
257. Jean-Patrick Manchette	*ô dingos, ô châteaux !*
258. Jim Thompson	*Le démon dans ma peau*
259. Robert Sabbag	*Cocaïne blues*
260. Ian Rankin	*Causes mortelles*
261. Ed McBain	*Nid de poulets*
262. Chantal Pelletier	*Le chant du bouc*
263. Gérard Delteil	*La confiance règne*
264. François Barcelo	*Cadavres*

Composition Interligne
Impression Novoprint
à Barcelone, le 27 mars 2003
Dépôt légal : mars 2003

ISBN 2-07-042107-4/Imprimé en Espagne.

5476